AF741109

www.ingramcontent.com/pod-product-compliance
Lightning Source LLC
LaVergne TN
LVHW050750051026
849532LV00008B/2820

9789369086771

زنجیریں

(افسانے)

نضیر آعظم

© Nazeera-e-Aazam
ZanjeereiN *(Short Stories)*
by: Nazeera-e-Aazam
Edition: January '2025
Publisher :
Taemeer Publications LLC (Michigan, USA / Hyderabad, India)

ISBN 978-93-6908-677-1

کتاب	:	**زنجیریں** (افسانے)
مصنفہ	:	**نضیر اُا عظم**
صنف	:	فکشن
ناشر	:	تعمیر پبلی کیشنز (حیدرآباد، انڈیا)
سالِ اشاعت	:	۲۰۲۵ء
صفحات	:	۹۰
سرورق ڈیزائن	:	تعمیر ویب ڈیزائن

فہرست

ان حوصلہ افزائیوں کے نام ------

جنہیں میرے شعور نے پاپا امی کا لقب دیا !

میری ماں نے مجھے رشتوں کی شناخت، اہمیت،
افادیت، قوت اور نزاکتوں سے آگاہ کیا ——

اور ——
میرے باپ کے عمل نے مجھے صرف ایک بات سکھائی
کہ . . . . . رشتے کیسے قائم رکھے جاتے ہیں!

دیباچہ

پہلا افسانہ اس وقت بے سان وگمان تخلیق ہوا جب بہار کی آمد آمد تھی۔ جذبوں میں انجانی سی کسک اتر آئی تھی اور پھر بہار اور کسک آشنا نا آشنا میں ڈھل گئی ___ میں سمجھتی ہوں کہ زندگی میں انسان خود کچھ نہیں کرتا بلکہ کر ہی نہیں سکتا ہے۔ یہ تو اس کے اردگرد کے حالات وواقعات اور افراد ہیں جو اسے زمانے میں ایک مقام دلاتے ہیں۔

اس کتاب کے منصۂ شہود پر آنے میں جہاں جذبوں اور کسک نے ہمنوائی کی، وہیں ان دونوں چیزوں کو کہانی کا روپ دینے میں صرف اور صرف میرے والد کا ہاتھ ہے جنہوں نے برسوں پہلے مجھے ادب کی طرف مائل کیا تھا، ادبی تحریروں پہ بحثیں کیں۔۔۔ باوجود اس کے کہ مجھے ان کی اس قسم کی خشک تقاریر کبھی نہیں بھائیں لیکن سعادتمندی احتجاج کو تھپک دیتی اور اگر اس وقت یہ نہ ہوتا اور احتجاج غالب آجاتا تو آج ذہن کو جو، تھوڑی بہت بالیدگی ملی ہے اس سے محروم رہ جاتی ___ اور اپنی بہت سی ساتھیوں کی طرح زندگی ایک لگے بندھے ڈھرّے پر گذار رہی ہوتی، جہاں "نہ" کی طاقت نہ ہوتی اور صرف "ہاں" ہی سے آشنائی ہوتی اور ہیں بھی بہت سے قریبی و دور کے رشتوں اور حوالوں میں الجھ کر اپنی شناخت اپنی ذات کے حوالے سے یکسر نابلد رہ جاتی۔

انسان خداوند تعالیٰ کی عجیب وغریب تخلیق ہے۔ کہیں ایک چھوٹے سے حصول کی خاطر

اسے آگ کا دریا عبور کرنا پڑتا ہے اور کہیں سب کچھ مل جانے کے بعد آگ کے دریا میں بھسم ہونا پڑتا ہے اور میں سمجھتی ہوں کہ سب کچھ ملنے سے بہتر ہے کسی چھوٹے مقصد کے لیے انسان آگ کے دریا میں اتر جائے کہ یہی چھوٹا مقصد کسی دن اسے بڑی منزل تک پہنچا دیتا ہے!

یہ کتاب جو اس وقت آپ کے ہاتھوں میں موجود ہے، یہ میرے اردگرد اور بے حد قریب کی سچائیاں ہیں۔ اس میں معاشرے کا جبر بھی ملے گا اور محبت کے روپ بھی۔ نرم و نازک جذبوں کو مصلحت اور منافقت کے کفن میں لپیٹنے کا عمل بھی اور چاہتوں کے انداز بھی۔ افسانوں کو یکجا کرنے کے بعد جو مجھ میں آیا وہ تجزیے کے طور پر چند سطروں میں بیان کر دیا ہے۔ آپ کیا فیصلہ کرتے ہیں؟ ___ اس کا نقیب صرف وقت ہو گا ___!

نضیرأ اعظم

جہنمی

نام تو اس کا محمد دین تھا مگر مل کے تقریباً سارے ہی مزدور اسے مولبی یا مُلا کہہ کر بلاتے تھے اور یہ خطاب مل میں آنے والے ایک مزدور رحیم نے دیا تھا۔۔۔ کیونکہ تمام مزدوروں میں صرف محمد دین ہی ایسا تھا جو پانچ وقت کی نماز پابندی سے پڑھتا تھا۔

شام ڈھلے جب تمام مزدور اپنی تکان اتارنے مل کے پچھواڑے جوا کھیلتے شور و غل مچاتے۔ دھینگا مشتی کرتے تو ایسے میں محمد دین اپنی کوٹھڑی میں بیٹھا جانے کیا کیا پڑھا کرتا۔ رحیم یوں تو بڑا ہمدرد اور محنتی جوان تھا مگر اس کی ایک بات سے اس کے تمام ہی ساتھی خائف رہتے کہ وہ ہر دم جانے کیوں بات بے بات خدا کو برا بھلا کہا کرتا۔ ایک دن اس کے تمام دوستوں نے مشورہ کیا کہ اس طرح تو ان کا اتنا اچھا دوست جہنم میں چلا جائے گا کیوں نہ مولوی سے کہا جائے کہ اسے کسی طور سمجھائے۔

شام چھ بجے دن بھر کے تھکے ہارے مزدور اپنی مخصوص جگہ پر پہنچے تو محمد دین وہاں پہلے ہی سے موجود تھا۔

"چل بھائی۔۔۔ آج تو یہ اپنا مولبی بھی سدھے رستے پر آگیا۔۔۔ آج تو اس کھسی میں رات بھر جوا ہوگا!"۔۔۔ رحیم نے محمد دین کو وہاں دیکھ کر خوشی سے بھرپور نعرہ مارا۔

"لاحول ولا قوۃ —— کیا بک رہا ہے۔ رحیم خدا سے ڈر خدا سے!" —— مولوی تڑپ کر بولا۔

"لے بھلا کھدا سے کیوں ڈریں؟ —— بھلا وہ کوئی چور ڈاکو ہے؟" —— رحیم نے حیرت سے پوچھا۔

"توبہ! توبہ! ——" مولوی نے اپنے گلے پیٹ لئے پھر رحیم سے بولا —— "رحیمو کبھی میرے پاس بھی تو آکر بیٹھا کر ہر دم اودھم ہی مچایا کرتا ہے۔"

"تیرے پاس کون سر پھرا آدمی بیٹھے گا —— ہر دم تو تُو دوزخ جنت کی باتیں کیا کرتا ہے میرے یار کبھی کسی لونڈیا کی بھی تو کھبر لے!" —— رحیم ایک آنکھ دبا کر مسکراتے ہوئے بولا۔

"اصل میں تو تُو خدا کو پہچانا نہیں ہے!"

"ارے واہ مولبی! —کیا بات کی ہے میرے پیارے! —— جرا یہ تو بتا تیرا کھدا ہے کس سکل کا؟ —— میری طرح کھوب صورت یا بانکے کی طرح چھیل چھبیلا —— دیکھ مولبی اگر کھدا کی سکل تیری طرح ہوئی نا —— تیلا سا لمبا سا منہ —— بکری کی سی داڑھی تو —— نہیں دیکھنا ہم کو —— ہاں!" —— رحیمو شرارت سے مسکراتے ہوئے بولا۔

"کیا بکتا ہے ملعون؟" —— مولوی گرجا —— مگر چونکہ اسے رحیم کو راہ راست پر لانا تھا اس لئے نرمی سے بولا۔

"دیکھو رحیمو —— ایسی باتیں نہ کیا کر —— پہلے میری بات سن لے پھر جو جی میں آئے بولنا۔"

"چل تو ہی کہہ لے —— کیا یاد کرے گا!" —— رحیم فراخ دلی کا مظاہرہ کرتے ہوئے بولا۔ پھر اپنے سب ساتھیوں کو پلیٹ کر پکارنے لگا۔

"ابے —— جرا سب آجائیو ادھر کو۔ آج تو یہ اپنا مولبی تکریر کرے گا!" —— ادھر مولوی اس کی للکار سن کر ایکدم ہی گھبرا گیا —— سارے مزدور اپنا بلا گلا چھوڑ کر ان دونوں

کے گرد جمع ہونے لگے تھے ــــ کا بے کو کبھی مولوی کو اتنے بڑے مجمع سے خطاب کرنے کا موقع ملا ہو گا ـــــ لیکن اس نے اپنی گھبراہٹ کو ظاہر نہیں ہونے دیا جب سارے مزدور جمع ہو گئے تو مولوی نے ایک طائرانہ نظر سب پر ڈالی اور کھنکھار کر بولنا شروع کیا۔

" میرے بھائیو! جیسے ایک گھر کو چلانے کے لئے ایک باپ ہوتا ہے، ایک ملک کو چلانے کے لئے ایک صدر یا بادشاہ ہوتا ہے ــــــ بالکل ویسے ہی اس اتنی بڑی دنیا کو چلانے کے لئے ایک بہت بڑی طاقت ہے ــــ جس کا نام خدا ہے ـــــ وہ بہت رحم کرنے والا ہے ـــــ اس کی مرضی کے بغیر ایک پتہ بھی ہل نہیں سکتا ــــ ہر کام اس کے حکم سے ہوتا ہے ـــــ وہ ہم کو کھانے کو دیتا ہے ـــــ وہ ماں باپ سے زیادہ رحم دل ہے ـــــ ان سے زیادہ پیار کرنے والا ہے اور ـ ـ اور ـ ـ ـ ـ ـ ـ

" اچھا مولبی ایک بات تو بتا !" ـــــ رحیم جو بغور اس کی باتیں سن رہا تھا ایکدم بول اٹھا۔

مولوی دل میں تو بہت خوش ہوا ـــــ کیونکہ اس کے آگے خود اس کی سمجھ میں نہیں آرہا تھا کہ کیا کہے ـ لیکن بہ ظاہر ڈانٹ کر بولا:

" دیکھ بیچ میں مت بولا کر ـــــ خیر پوچھ کیا پوچھنا چاہ رہا تھا !"

" دیکھ مولبی تو نے کہا کہ کھدا ساری دنیا کا باپ ہے ؟"

"ہاں !" ـــــ مولوی بولا ـــــ

" اور یہ کہ سارے کام اس کے حکم سے ہوتے ہیں ؟"

" ہاں ــــ ہاں !" ــــ مولوی مسکرایا۔

" مولوی ایک بات سوچ رہا ہوں ــــ تیری تو کھدا سے بہت یاری ہے ناں تو ایسا کر اپنے کھدا سے کہہ دے کہ سرپھ ایک مہینے کے لئے اس مل میں آن کر مجوری کرلے اور مجھے اپنی جگہ بھیج دے ــــ لے یہ کون سا مسکل کام ہے ــــ آڈر تو ہم بھی دے

سکتے ہیں !" ـــــ رحیم نے کہا ـــــ

"کیا بک رہا ہے جہنمی ! ـــــ زبان کو لگام دے !" ـــــ مولوی کانپ کر دھاڑا۔

"واہ ! تو ہی تو کہتا ہے کہ اس کے حکم کے بغیر ایک پتہ بھی ہل نہیں سکتا ـــــ تو اب میں کیسے جبان کو لگام دوں ـــــ اپنے کھدا سے کہہ کہ وہی دے لگام !" ـــــ رحیم چمک کر بولا۔

سب لوگ سناٹے کے عالم میں بیٹھے تھے ـــــ اور مولوی کا بس نہیں چل رہا تھا کہ رحیم کو کچا چبا جاتے۔ دانت کٹکٹا کر بولا،

"اب مجھے یقین ہو گیا ہے کہ تو سیدھا جہنم میں جلتے گا ! .... اور ... اور اگر خدا کو غصہ آ گیا تو تیری نوکری بھی ختم ہو جاتے گی ...... بتا پھر کس طرح اپنی بہنوں کی شادیاں کرے گا ! ـــــ کہاں سے پیسہ لائے گا ؟ ـــــ مولوی کی یہ بات سن کر سارے مجمع پر ہُو کا عالم طاری ہو گیا ـــــ سب ہی کو اپنی اپنی نوکری خطرے میں نظر آنے لگی تھی۔ رحیم بھی سر جھکائے کسی سوچ میں پڑ گیا۔ کیونکہ مولوی نے اس کی دُکھتی رگ پر ہاتھ رکھ دیا تھا ـــــ مولوی نے ایک فاخرانہ نظر سب کے سہمے ہوتے چہروں پر ڈالی اور کچھ کہنے کو منہ کھولا ہی تھا کہ رحیم پھر بول پڑا۔

"تو نے یہ نہیں کہا کہ کھدا بہت رحم کرنے والا ہے !"

"ہاں ! ہاں کیوں نہیں !" ـــــ مولوی بولا۔

"اور یہ کہ ماں باپ سے جیادہ پیار کرنے والا ہے کیوں ؟ ؟" ـــــ رحیم نے پوچھا۔

"ہاں ! ہاں ! ـــــ سبحان اللہ اس کی محبت اس کے پیار کا کیا کہنا !" ـــــ مولوی آنکھیں بند کر کے جھومتا ہوا بولا۔

"تو تیرا کیا کھیال ہے ماں باپ اپنے بچوں کو بھوکا رکھتے ہیں ؟ ـــــ ان کے منہ کی روٹی چھین لیتے ہیں ؟ ـــــ انہیں کھام کھاہ ہی سجا دیتے ہیں !" ـــــ رحیم

ذرا زور سے بولا ــــ اس کی بات میں وزن تھا اس لئے مولوی کھسیا کر رہ گیا۔اس کی سمجھ میں نہیں آ رہا تھا کہ کیا جواب دے ۔ تمام مزدور جو غور سے ان دونوں کے مکالمے سن رہے تھے انہیں مولوی سے زیادہ رحیم کی باتیں سچ لگ رہی تھیں ۔

"بھائیو !ــ تم میں سے کون کون نماز پڑھتا ہے ؟" ــــ سلٹے کو توڑتے ہوئے یکایک مولوی نے پوچھا ــ اور سب ایک دوسرے کا منہ تکنے لگے ۔

" بھئی میں کیا پوچھ رہا ہوں ؟" ــــ مولوی نے اپنی آواز میں زور پیدا کرتے ہوئے پوچھا ۔

" ارے مولبی نماج پڑھنے کا وقت کیسے ملتا ہے ؟ ــ سبیرے چھ سے سام چار بجے تلک تو مِل میں کام کرتے ہیں ۔کام چھوڑا تو مالک تن کھاہ کاٹ لے گا ــــ نماج نہ پڑھنے سے تن کھاہ تو نہیں کٹتی "ــــ رحیم نے تلخی سے کہا ۔

"ابے احمق نماز تو میں بھی پڑھتا ہوں اور پابندی سے ــــ مگر میری تو آج تک تنخواہ نہیں کٹی !"ــ مولوی نے تنخواہ نہ کٹنے پر زور دیتے ہوئے کہا ۔

"کھیر ! ــــ تیری طرح کی نماج تو ہم بگیر مصلّے کے بھی پڑھ لیتے ہیں !"ــــ رحیم مسکراتا ہوا بولا پھر بانکے کی طرف مڑا جو اپنی ــــ میں چیپڑی زلفوں کو میلے سے گلابی رنگ کے کنگھے سے سنوارنے میں مصروف تھا ۔

"کیوں بے بانکے ؟ ــــ یاد ہے اس روج کی بات ؟"ــــ رحیم اس کے کندھے پر ہاتھ مارتا ہوا بولا ــــ اور بانکا کھلکھلا کر ہنس پڑا ــــ سب لوگ حیرت سے دونوں کو دیکھنے لگے ۔

"بات بتاؤ !ــ بات بتاؤ !"ــــ سب نے شور مچا دیا ۔

"نہیں ــــ یہ مولبی مارے گا !"ــــ رحیم نے سہمنے کی اداکاری کرتے ہوئے کہا ــــ اور اس کے اس انداز پر سب ہی ہنس پڑے ۔

"چل نہیں ماروں گا!"۔۔۔ مولوی اس کی اداکاری سے لطف لیتے ہوئے مسکرا کر بولا۔

"بتادوں مولبی!"۔۔۔ رحیم نے ایک بار پھر پوچھا۔

"او۔۔۔ بے بخت اب بتا بھی دے کیا مولبی مولبی کر رہا ہے۔۔۔ رحمت خان کے صبر کا پیمانہ چھلک اٹھا تھا۔

"ٹھیک ہے۔۔۔ بتلاتے ہیں!"۔۔۔ یہ کہہ کر وہ کھڑا ہو گیا اور مقرر کے سے انداز میں بولنا شروع کر دیا۔

"بھائیو!۔۔۔ کچھ روج پہلے میں اور بانکا دوپہر میں مل کے پچھواڑے بیٹھے جرادم لے رہے تھے۔۔۔ کہ اتنے میں یہ اپنا مولبی بھی ادھر ہی کو آ گیا اور ایک طرف مصلّہ بچھا کر نماج پڑھنے لگا۔۔۔۔ رحیم ذرا سانس لینے کو رُکا۔۔۔

"لے یہ کون سی تُو نے نئی بات بتادی!"۔۔۔ ایک مزدور منہ بنا کر بولا۔

"ابے سنتا ہے نہیں، بک بک کرے جا رہا ہے!"۔۔۔ رحیم نے اسے جھڑکا۔

"ہاں تو بھائیو!۔۔۔ یہ اپنا مولبی مصلّہ بچھا کر نماج پڑھنے لگا۔ اِتنے میں کنارے سڑک سے کالج کی چھوکریاں گجریں اور یہ۔۔۔۔ اپنا مولبی۔۔۔۔ آنکھیں ٹیڑھی کر کے انہیں دیکھنے لگا۔۔۔ اب تم ہی بتاؤ یہ کیسی نماج ہے؟۔۔۔ اور یہ سالا مولبی! جو ہر دم کھدا کھدا کیا کرتا ہے۔۔۔ اپنے یار ہی کو دھوکا دے گیا۔۔۔ بھئی اپن نماج نئیں پڑھتے مگر کسی کو دھوکا نہیں دیتے!"۔۔۔ رحیم قصہ سنا کر بیٹھ گیا اور سارے مزدور یہ واقعہ سن کر ہنسنے لگے۔۔۔

مولوی کا چہرہ غصہ سے سرخ ہو گیا۔ چیخ کر بولا:

"رحیم!۔۔۔ تیرے سر پہ تو شیطان سوار ہے ملعون! جانے تیرا کیا حشر ہو!"

رحیم زور زور سے ہنسنے لگا۔۔۔ ہنستے ہنستے اس کی آنکھوں میں آنسو آ گئے۔

"کیا ہو گیا رحیمو بھائی ؟" ـــ بانکا اپنا سنگھار کرنا بھول کر گھبرا کر بولا۔
"ابے کیا کھی کھی لگا رکھی ہے !" ـــ رحیم کا بھائی اس کی بے تکی ہنسی پر جھنجھلا کر بولا۔
اور رحیم کی ہنسی قہقہوں میں بدل گئی۔

"ہا ! ہا ! ہا !" ـــ وہ ہنستے ہنستے دوہرا ہو چکا تھا۔

"بھایتو ! ...... اس ...... وقت ..... تت ..... تو ..... ہم ..... ہم ..... ہمارے ..... سروں پر ..... تو ...... یہ مول ..... ب ..... بے ..... ٹھا ہے ..... تو یہ ..... یہ کھد ..... کھد ..... ہی تو ..... سیطان ہوا ...... رحیم نے بڑی مشکل سے ہنسی پر قابو کرتے ہوئے رک رک کر کہا۔

اور تمام مزدور کھلکھلا کر ہنسنے لگے۔ مولوی کی قوتِ برداشت جواب دے چکی تھی۔

"ملعون ـــ جہنمی ـــ لعنتی ـــ خدا غارت کرے !" ـــ وہ غصہ سے بڑبڑاتا ہوا اٹھ کر جانے لگا ـــ رحیم نے اسے یوں جاتے دیکھا تو لپک کر دبوچ لیا۔

"ابے پیارے مولبی تُو تو میدان ہی چھوڑ کر چل دیا ـــ میرے یار ناراج نہ ہو ـــ میری تو عادت ہے مجاخ کرنے کی ـــ دیکھ میں نے تیرے کھدا سے کتنا مجاخ کیا مگر وہ تو جرا بھی بُرا نہ مانا ـــ اور تُو اپنے کھب صورت رحیمو سے رُوٹھ کر جا رہا ہے۔ چل ـــ ماپھ کر دے۔ آئندہ تجھے کچھ نہیں کہوں گا !" ـــ رحیم معصومیت سے ہاتھ باندھ کر اس کے سامنے کھڑا ہو گیا ـــ اور مولوی اس کی اس بے ساختہ ادا پر پگھل گیا ـــ پھر وہ بھلا زیادہ دیر رحیم سے ناراض بھی کیسے رہ سکتا تھا۔ ہر آڑے وقت میں وہی تو اس کے کام آتا تھا ـــ پیسوں کی جب بھی تنگی پڑتی وہ واحد شخص تھا جو ادھار دے کر بھول جایا کرتا تھا۔

"اچھا چل ـــ معاف کیا ـــ مگر آئندہ کسی کو کچھ نہ کہنا !" ـــ مولوی اپنی جُبّہ جھٹکتے ہوئے بولا۔

"دیکھ مولبی ـــــ کسی کا واعیدہ نہیں کیا!" ـــــ رحیم شرارت سے مسکراتے ہوئے بولا۔
"اچھا رحیمو تو جرا کھاموس ہو جا ـــــ ایک بات پوچھنی تھی مولبی سے ـــ جس کے بارے میں آج بل میں صاب بات کر رہا تھا!" ـــــ رحیم کے بھائی کریم نے جھڑکتے ہوئے کہا۔

"ہاں پوچھو!" ـــــ مولوی نے کہا۔

"مولبی یہ اشتراکیت کیا ہوتی ہے؟" ـــ کریم نے پوچھا۔

"ابے ہوئے گی کوئی چھمک چھلو!" ـــ رحیم شرارت سے ہنس کر بولا۔

"تو چپ بیٹھ کرے گا؟؟" ـــــ کریم جھنجلا کر بولا۔

"لے بھائی ہم کھاموس ہو جاتے ہیں!" ـــ رحیم منہ پر انگلی رکھ کر بیٹھ گیا۔

"ہاں تو مولبی بتانا؟" ـــــ کریم پھر مولوی کی طرف متوجہ ہوا اور اتنی دیر میں مولوی نے اشتراکیت کا مطلب نکال لیا تھا۔

"یہ جو اش ـــ ترا .... کیت ہوتی ہے نا ..... یہ جہنم کا عذاب ہوتی ہے ـ جس گھر میں جاتی ہے .... تباہی مچا دیتی ہے .... اور .... اور...."

"دیکھ لیا نا ـــ ابے تباہی بھی تو لونڈیا ہی کے آنے سے آتی ہے!"

رحیم سے نہ رہا گیا اور بول اٹھا۔

"ابے رحیمو کیا ٹیم ہو رہا ہے؟" ـــ ایک مزدور نے انگڑائی لیتے ہوئے پوچھا۔

"نہ پوچھ ـــ بڑا برا ٹیم ہے ـــ اجان ہو رہی ہے اب یہ سالا مولبی تو سروع ہو جاتے گا ٹکریں مارنے ـــ اپن تو چلے آرام کرنے!" ـــ یہ کہہ کر رحیم اٹھ کھڑا ہوا ـــ اور رفتہ رفتہ تمام مزدور اپنے اپنے ٹھکانوں پر چلے گئے۔

شام کے چار بجے تھے مولوی اپنی کوٹھڑی میں کاہلی سے پڑا تھا یکایک

نعروں کی آواز سن کر چونک اٹھا۔

"یہ کیا ہوا ـــــ آج مزدور نعرے بازی کیوں کر رہے ہیں ؟" وہ سوچتا ہوا کوٹھڑی سے باہر نکلا۔ تمام مزدور ناچتے گاتے چلے آرہے تھے۔

"ابے یار مولبی سنا تونے کچھ ـــــ اپنا رحیمو سکشن انچارج بنا دیا گیا ہے!" ـــــ ایک مزدور خوشی سے بھرپور لہجہ میں چیخا۔

"سیکشن انچارج ؟ ؟ ـــــ اس کے منہ سے حیرت زدہ آواز نکلی۔

"ہاں مولبی ـــــ اور پتہ ہے آج صاحب نے سب کے سامنے کہا کہ رحیمو سب سے جیادہ ایمان دار اور محنتی ـــــ ہے۔ اس وجہ سے اسے سکشن انچارج بنایا گیا ہے!" ـــــ مزدور اپنے خوشی سے بھرپور لہجہ میں بولتا رہا اور مولوی خاموش رہا ـــــ وہ تو چار برس سے کام کر رہا تھا مگر انچارج تو کیا اس کی تو آج تک تنخواہ بھی نہیں بڑھی۔

"مبارک ہو بھایتو !" ـــــ اس نے مری ہوئی آواز میں کہا۔

"مگر یہ رحیمو ہے کہاں ؟" ـــــ مولوی اِدھر اُدھر دیکھتے ہوتے بولا۔

"پتہ نہیں کیا بات ہے ـــــ نہ جانے کیوں رحیمو پریشان ہے اِتنی بڑی تو کھسی ملی ہے!" ـــــ کریم نے پریشانی بھرے لہجہ میں کہا۔

"ہاں کبھی کبھی خوشی کی زیادتی بھی انسان کو غمگین کر دیتی ہے!" ـــــ مولوی نے فلسفہ جھاڑا۔

"لو رحیم بھائی آگئے !" ـــــ ایک مزدور نے نعرہ مارا۔

"کیوں رحیم بھائی آج تو اس عید کے موکے پر پھلم چلے گی !" ـــــ بانکا لہرا کر بولا ـــــ

"ابے جاؤ تم سب سالو پھلم دیکھنے اپن کی طبیعت ٹھیک نہیں ہے!" ـــــ رحیم بانکے کو جھڑک کر اپنی کوٹھڑی کی طرف چلا گیا۔

وہ اپنی چھوٹی سی کوٹھڑی میں جانے کب سے بے سدھ پڑا تھا .... سامنے کھلی کھڑکی میں گھورے جارہا تھا ۔ یکایک کسی کے کاندھا ہلانے سے چونک پڑا ۔

" رحیم بائی ـــ تم کو کیا ہو گیا ہے .... ہم سب تو خوشیاں مناتے ہیں اور تم ایدر پڑا ہے !" ـــ رحمت خان نے پیار بھرے لہجہ میں کہا ۔

" ابے یار ـــ رحمت کھان یہ کھدا تو اپنی سمجھ میں بالکل نہیں آیا !" ـــ رحیم اٹھ کر بیٹھتے ہوتے بولا ۔

"چوڑ بائی مولبی کی باتیں ـــ چل باہر سب تمہارا انتظار کر رہے ہیں !" ـــ رحمت خان نے کہا ۔

" ابے سن تو رے ! ـــ رحیم جھنجھلا کر بولا ۔

" آں ـــ بول !" ـــ رحمت خان آرام سے بیٹھتا ہوا بولا ۔

" یار رحمت کھان ـــ میں رات سے بڑا پریسان تھا ـــ پتہ نہیں کیا کیا کھیال آرہے تھے ـــ اور ـــ اور ـــ آج اسی وجہ سے میں کام پر بھی .... دیر ... میں گیا کیونکہ میں جانتا تھا کہ میری نوکری کھتم .... مگر .... مگر ...... رحمت کھان ...... یہ کیسا کھدا ہے ..... جس نے سجا دینے کے بجائے ترکی کر دی .... اور ...... اور ... اور ... رحیم پھوٹ پھوٹ کر رونے لگا !!

کراچی ۱۹۷۸ء گرلز ہاسٹل

کڑھاؤ

انسانی وجود کا جوار بھاٹا، اس کے اندر کی آگ، کسی لمحہ بھی کم ہونے لگے یا سرد پڑنے لگے تو وہیں سے انسان کی شکست کا دور شروع ہو جاتا ہے۔ اس کے اندر بھی ایک بپھرا ہوا جوار بھاٹا ہے۔ ایسا جوار بھاٹا جس کے کم ہونے کا خوف ہر لمحہ اس پر طاری رہتا ہے۔ اس کے اندر بھی ایک آگ دہک رہی ہے۔ ایسی آگ جس کے سرد پڑنے کا احساس ہی اس کے دماغ کو مفلوج کر دیتا ہے۔ زمین پر ہجر کے موسم ہیں۔ یہ صدی آدمی سے آدمی کی دوری کی ہے۔ یہاں صرف بچھڑنے کی رتیں ہیں۔ وہ جانتی ہے کہ انسان جب دنیا میں اپنی پہلی چیخ بلند کرتا ہے، کرب کی اس تڑپ کو سننے والے مبارک باد کے شور میں دبا دیتے ہیں، لوگ نہیں سمجھ پاتے کہ بے بس انسان کے رونے کی یہ آواز کس دکھ کی علامت ہے! ——— کیونکہ سننے والے ہر کراہ کو اپنی خوشیوں کے کانوں سے سنتے ہیں ——— اور یہی وقت ہوتا ہے، جب خالق کائنات کی اعلیٰ ترین کاریگری یعنی انسان نہ جانے کتنوں سے بچھڑ کر نہ جانے کتنے لوگوں میں بغیر اپنی مرضی کے لا پھینکا جاتا ہے ——— اور پھر اپنی پہلی آواز کی بازگشت میں وہ ساری زندگی گزار دیتا ہے ——— اپنے اندر کی آگ کو وہ جلن، نفرت، حسد، قتل و غارت گری لوٹ مار سے تسکین دیتا ہے۔ احمق انسان، بھولا انسان۔ نادان انسان، بالکل اسی کی طرح ——— وہ بھی تو ایک آتش فشاں ہے۔ ایسا آتش فشاں جو خاموش ہے۔ اندر لاوا پک رہا ہے

در باہر پودے کھلے ہیں۔ خوش رنگ پھول لہلہا رہے ہیں۔ سبز و خشک درخت ایستادہ ہیں لوگ دیکھتے ہیں اور خوش ہوتے ہیں کہ "واہ ___ کس قدر پر شکوہ پہاڑ ہے، کیا رنگ ہیں ___ کیا عجیب حسن ہے ___ قدرت بھی عجیب عجیب چیزیں پیدا کرتی ہے۔"
واقعی قدرت بڑی عجیب چیزیں تخلیق کرتی ہے، بناتی ہے، سنوارتی ہے پھر خود ہی مسمار کر دیتی ہے۔ کبھی اپنے ہاتھوں اور کبھی خود اسی کے ہاتھوں۔

وہ اتنا کام کرتی کہ بے طرح تھک جاتی، مگر یہ تھکن تو صرف جسمانی ہوتی اور جسم کی اسے پرواہ نہیں، وہ جانتی ہے کہ خاکی جسم کی پرواہ کر کے کیا ملے گا ___ اصل تھکن جو روح کی ہے، ذہن کی ہے، تخیل کی ہے، وہ کیسے اترے گی ___ کون سے شوالے میں؟ کسی خانقاہ میں؟ کہاں کی مسجد میں، کسی مندر میں آسودگی کی دوا ملتی ہے؟؟ ___
وہ اپنے کمرے میں تنہا رہتی ہے کسی کو ساتھ نہیں سلاتی، اس لئے نہیں کہ کسی کو تکلیف ہوگی یا وہ بے چین رہے گی بلکہ صرف اس وجہ سے کہ رات کی تیرہ و تار تنہائیوں میں جب اس کی روح آہ و زاری کرتی ہے۔ تو اس کی فریاد کسی کے کانوں تک نہ پہنچے مگر باوجود سخت حفاظتی پہروں کے اکثر لوگوں نے یہ کراہ سنی مگر صرف ایک آواز سمجھا ___ ہاں اس کی دادی نے۔
ایک رات وہ ان کے کمرے میں سوئی، دادی کی طبیعت ٹھیک نہیں تھی اور وہ بالکل چاق و چوبند تھی۔ صبح جب وہ سو کر اٹھی تو انہوں نے پوچھا "بیٹی تم سوتے میں کراہتی کیوں ہو؟ طبیعت تو ٹھیک ہے؟ ___ اور اس روز اپنے راز کے افشا ہونے پر وہ چونک گئی، دماغ جھنجھنا گیا ___ بری طرح چیخ پڑی تھی.... بے طرح روئی تھی.... اور اس کے بعد اس نے یہ پہرے سخت کر دیئے۔

وہ جن دو خانوادوں کی تخلیق ہے ان کے پاس شرافت ہے، نیکی ہے، نیک دلی ہے، خوش اطواریاں ہیں، اصول ہیں قوانین ہیں ___ اور اتنی ساری چیزوں کے درمیان پرورش پانے والی ایک ایسی لڑکی جس کے اندر لاوا پک رہا ہو ___

کرب کی کن کن راہوں سے نہ گزری ہوگی ؟ ـــــ دکھ کے کون کون سے فاصلے نہ طے کئے ہوں گے ـــــ بہ ظاہر اس کی زندگی میں کچھ نہیں لیکن جب جائزہ لیا تو معلوم ہوا زندگی کے جن راستوں سے وہ گزر کر آئی تھی، جہاں سے گزر رہی تھی ـــــ وہاں تو قدم قدم پر کہانیاں بکھری پڑی تھیں ـــــ اور لفظوں کی آہنی زنجیروں نے اس کے وجود کو اس بری طرح جکڑا ہوا تھا کہ ہلنے کی بھی سکت نہ تھی ـــــ بچپن بہت ساری محبتوں اور لاپرواہیوں کے بیچ گزر گیا ـــــ لیکن اس بچپن نے ذرا ذرا سی بات پر گھنٹوں بیٹھے پہروں خاموش رہنے کا تحفہ دیا ـــــ پھر عمر کا وہ دور آیا جو شوخیوں اور شرارتوں سے پرُ ہوتا ہے، اٹھنے والا ہر قدم ـــــ بیتنے والا ہر معصوم لمحہ کیف و سرور کی عجیب انجانی سی لذت سے ہم کنار کرتا ہے ـــــ یعنی لڑکپن ! ـــــ ہاں ـــــ صرف لڑکپن ہی اس کا اپنا تھا ـــــ اور اسے اس امر کا بھی احساس ہے آج بھی اس کی رگوں میں کبھی کبھی اس کا لڑکپن مچل اٹھتا ہے ـــــ اور زندہ رہنے کا یہی ایک توانا سہارا اس کے پاس ہے ! ـــــ

ابھی لڑکپن نوجوانی کی سرحدوں سے ہم آغوش ہوا ہی تھا کہ اچانک اسے پتہ چلا کہ وہ تو بالکل بے دست و پا تھی ـــــ کھڑے کھڑے گر جاتی، چلتے چلتے بے ہوش ہو جاتی۔ بیٹھے بیٹھے اینٹھ جاتی ـــــ چھ سات برس یونہی زندگی کی جدوجہد میں گزر گئے ـــــ جوانی کی رعنائیاں کیا ہوتی ہیں ؟ ـــــ کچھ پتہ نہ چلا ـــــ رنگ، خوشبو، بھیگی ہوائیں کس طرح جذبوں میں آگ لگاتی ہیں ـــــ وہ ان سے نابلد تھی ـــــ عمر کا وہ حصہ جب لڑکیاں بڑے بڑے سپنے دیکھتی ہیں۔ زمین پر اتنی سبک روی سے قدم رکھتی ہیں گویا کانچ کی وادی میں پھر رہی ہوں۔ امنگوں اور آرزوؤں کی نرم و نشاط انگیز سیج پر کسی کا انتظار کرتی ہیں ـــــ ان دنوں وہ بورڈنگ ہاؤس میں بند تھی ـــــ تازہ ہوا کا کوئی بھی تو جھونکا نہ تھا۔ ہر طرف پہرے ہی پہرے ـــــ جدھر نظر اٹھاؤ عورتیں اور لڑکیاں۔ یہ ان کی اپنی دنیا

تھی ــــ جہاں ان کے اصول تھے قوانین تھے ـــــ محبتیں تھیں، نفرتیں تھیں، سب ہی کچھ تو تھا ـــــ آپس کے معاشقے تھے، ایک دوسرے کی عجیب سی طلب تھی ـــــ اکثر رات گئے وارڈن کمروں کا گشت کرتیں تو معلوم ہوتا کہ فورتھ ایئر کی سلمٰی بستر سے غائب ہے ـــــ اور پھر کچھ ہی دیر بعد سلمٰی فرسٹ ایئر کی کسی کچی پکی عمر کی لڑکی کے لحاف میں گھسی "محبتوں" کے فاصلے طے کرتی نظر آتی ـــــ اور اس کا ذہن الجھ جاتا ـــــ یہ کس قسم کی محبتیں ہیں؟ کیسی چاہتیں ہیں؟ اتصال کا کون سا روپ ہے؟ طلب کی کون سی شکل ہے ــ پازیٹو + پازیٹو ـــــ نتیجہ صفر سے بدتر ـــــ گھنٹوں وہ وارڈن کا دماغ چاٹتی مگر وہ بھی مجبور تھیں ـــــ ان کا خیال تھا فرسٹریشن اور سپریشن سے نجات کا وقتی ذریعہ یہی تھا ـــــ پھر وہ کس طرح لڑکیوں کو منع کرتیں؟ کہاں تک پہرے لگاتیں؟ اور اسے محسوس ہوتا جیسے دنیا کی تمام عورتیں ایک مہلک مرض میں گرفتار ہو چکی ہیں۔ وہ اکثر پریشان ہو جاتی کہ یہ کیسی دنیا ہے ـــــ جہاں کوئی رنگ نہیں ـــــ مگر اس وقت اسے معلوم نہ تھا کہ رنگ تو جذبوں سے نکھرتے ہیں اور جذبے محبت سے نمو پاتے ہیں ـــــ ایسی محبت جس سے وہ قطعی نا آشنا تھی ـــــ پھر اس نے چاہا کہ زندگی میں "کچھ" ہونا چاہیئے۔ اور اس "کچھ" نے اسے کالج کی دلچسپیوں رنگا رنگ تقریبات میں گم کر دیا ـــــ مگر کچھ ہی عرصہ بعد معلوم ہوا کہ یہ بھی کچھ نہیں ـــــ زندگی تو کوئی اور ہی چیز ہے ـــــ اور پھر اچانک اس کا ذہن تخریب کی طرف مائل ہو گیا، ہنگامے، اسٹرائیک، تالہ بندی ـــــ اور ایک روز اس مچلتے ہمکتے بے قرار سیماب صفت دور کی شوریدہ سری پھیکی پھیکی لگنے لگی۔ یہ کیسی زندگی ہے؟ ـــــ وہ جھنجھلا گئی ـــــ اسی روز پہلی بار خیال آیا کہ زندگی ہے کیا؟ کہاں سے شروع ہوتی ہے اور کیوں ختم ہو جاتی ہے؟ سوچوں کا دھارا ایکدم ہی قنوطیت کی طرف مڑ گیا ـــــ چھوٹی تھی تو چیزوں کو دیکھتی اور کئی کئی دن سوچتی رہتی ـــــ سمندر کی اٹھتی مچلتی لہروں کی بے قراری، سبز پتوں پر ٹھہرے بارش کے قطرے آسمان پر دمکتے

ستاروں کی محفل، بھیگے موسم کی نم ہوائیں - قوس وقزح کے رنگ ــــــ یہ سب وہ سمجھ نہیں پاتی اور جب کسی بزرگ سے ان کے بارے میں پوچھتی تو جواب ملتا کہ یہ سب اللہ میاں نے بناتے ہیں ــــ اور اس جواب کے بعد مزید کچھ نہ پوچھتی کیونکہ اسے معلوم تھا کہ جواب کیا ملے گا - ہاں یہ ضرور سوچتی کہ یہ "اللہ" کون ہے ؟ کیسا ہے ؟ کہاں ہے ؟ کیوں ہے ؟ اس کے پاس اتنے سارے کام کرنے کے لئے کتنے لوگ ہوں گے ؟ ــــ اکیلا وہ کیسے اتنے سارے کام کرتا ہوگا ؟ ــــ تب اسے بے طرح اللہ پر رحم آتا ــــ بے چارے اللہ میاں کسقدر تھک جاتے ہوں گے ــــ اکثر بدلی چھاتی تو وہ بہت خوش ہوتی. یقیناً آج اللہ میاں آرام کر رہے ہوں گے ــــ پھر سوچتی اللہ میاں کی شکل کیسی ہوگی ــــ تو ذہن میں صرف ایک شبیہہ ابھرتی ــــ اپنے باپ کی ! ــــ اللہ میاں کے بارے میں سنا تھا وہ بہت پیار کرنے والے ہیں اور غصہ بھی بہت آتا ہے ــــ وہ جو چاہتے ہیں ہو جاتا ہے !

جب اس نے کالج کو خیر باد کہا تو کسی نے مبارک باد دی ــــ بی اے پاس کرنے کی اور قید سے چھوٹ جانے کی ــــ اور وہ کہنے والی کو بس ایک نظر دیکھ کر رہ گئی کیونکہ اسے تو پتہ ہی نہ تھا کہ آزادی چیز کیا ہوتی ہے ؟ ــــ بند کمرہ ہو. ہاسٹل کی اونچی اونچی دیواریں ہوں یا کھلی شاداب فضا ــــ وہ ہر جگہ اپنے آپ کو قید میں محسوس کرتی ــــ اور یہ احساس آج بھی اس پر غالب ہے ــــ اس نے قوموں کی آزادی کی تاریخیں پڑھیں . جدوجہد کی داستانیں سنیں. لیکن آج تک یہ احساس نہیں ہوا کہ انسان کب اور کیسے آزاد ہے ؟ آزادی کا وہ شعور جس کا سرور کتابوں نے اسے دیا تھا، حقیقی زندگی میں تو ایک قطرے کے لئے ترستی رہی ہے. ترستی رہے گی ــــ ہاں زندگی کا ایک دور ــــ یعنی اختتام ــــ کہیں وہی تو اصل آزادی نہیں ؟

اکثر سوچتی کہ اس کے وجود کا مقصد کیا ہے ؟ اس کے خاندان میں کیا کمی

رہ جاتی اگر وہ پیدا نہ ہوتی رشتے، ناطے محبتیں، چاہتیں کیوں ہر جگہ اس کی سوچوں کے آگے فصیلیں کھڑی کر دیتے ہیں۔ مگر ان سوالات کا کوئی تسلی بخش جواب نہ پاتی ـــــ وہ لوگوں سے سنتی کہ زندگی کا کوئی مقصد ہونا چاہیے ـــــ مگر جس زندگی ہی کو وہ سمجھ نہیں پا رہی تھی اس کے مقصد کا تعین کیونکر ہوتا؟ اور یہ بات کسی کی سمجھ میں نہیں اور نہ وہ سمجھا سکتی تھی کیونکہ لوگ مقصد کی باتیں بڑے بڑے حوالوں سے کرتے۔ جہاں حوالے آجائیں وہاں مقصد کیسا؟

ایک دن اس نے اپنے آپ کو ننھے مُنّے بچوں کے درمیان گھرے ہوتے پایا ـــــ پھٹے لباسوں والے بچے، میٹھے لفظوں کو ترسنے والے بچے! ـــــ پیار کی ایک نظر پر قربان ہو جانے والے بچے! ـــــ وہ مگن ہوگئی، ایسا لگا جیسے اس کا سویا ہوا لڑکپن انگڑائی لے کر جاگ اٹھا ہو ـــــ معصومیت، شوخیاں، نکھار، کھلکھلاہٹیں سب کچھ بوند بوند اس کی روح میں اترتا رہا اور وہ زندہ ہوتی چلی گئی۔ قنوطی سوچیں گھبرا کر بھاگ گئیں، جمود تڑخ کر ریزہ ریزہ ہوگیا ـــــ مقصد کی ایک دھندلی شکل نظروں کے سامنے ابھرنے لگی ـــــ وہ کچھ کرنا چاہ رہی تھی، کچھ دینا چاہ رہی تھی ـــــ مگر کیا کرنا چاہ رہی تھی ـــــ کسے دینا چاہ رہی تھی ـــــ اور تب اس نے سب کچھ وقت کے دھارے کے حوالے کر دیا۔

وہ جان چکی تھی کہ یہ وقت ہی جو کچھ کام اس سے کروائے گا ـــــ

"یہ تکشلا ہے!" ـــــ ایک گونج نے اسے اپنے حصار میں لے لیا۔

"یہ تکشلا ہے!" ـــــ تاریخ کی آواز اسے اپنے وجود کی بازگشت معلوم ہوئی۔

"یہ تکشلا ہے!" ـــــ تکرار نے اسے بے خود کر دیا ـــــ سائیں سائیں کرتے میدان میں وہ تنہا کھڑی تھی۔ گوتم کے قدموں کے نشان اس کی راہنمائی کر رہے تھے۔ تیز دھوپ میں اڑتی ہوئی گرد کو وہ اپنی سانسوں میں اتار رہی تھی۔ کھوئی ہوئی تاریخ کے ادوار اس کے وجود میں توانائی بن کر تازگی کا ایک نیا احساس جگا رہے تھے۔ وہ سو رہی تھی ـــــ مگر ذہن جاگ رہا تھا۔ آنکھیں بند تھیں مگر دل کے تمام کواڑ کھل چکے تھے۔

عطر بیز ہواؤں کے جھونکے دل کو انجانی سی قوت بخش رہے تھے۔ ذہن کے افق پھیلتے جا رہے تھے ______ تب ایک الوہی آواز نے اس کی بند آنکھوں کو آہستہ آہستہ وا کر دیا ______ اس کا مسکراتا، شوخ لڑکپن بابل کی تنگ ویران گلیوں میں زندگی بکھیر رہا تھا ______ لمحہ لمحہ گنگ رہا تھا ______ اس نے آواز دی لڑکپن مٹے ادوار میں گم ہو گیا ______ وہ زور سے چیخی ______ اس کی خاموش بے حس نوجوانی کربلا کے ریگزاروں میں لڑکھڑا رہی تھی۔ اس نے اپنی نوجوانی کو بچانا چاہا، سہارے کے لئے آگے بڑھی ______ مگر ______ کوفیوں نے قافلوں کی دیواریں کھڑی کر دیں۔ کرب سے اس نے آنکھیں موند لیں۔ صحرا کی آوازیں سنسناہٹیں معدوم ہوتی چلی گیئں۔ یہ کیسی آواز ہے ______ اس کی آنکھیں ایک دم کھل گیئں ______ اور وہ لبلبلا اٹھی ______ بوتا ہوا سمندر سامنے ٹھاٹھیں مار رہا تھا ______ وہ بے خود ہو گئی ______ سمندر گنگنا رہا تھا ______ وہ جھوم رہی تھی ______ سمندر پکار رہا تھا ______ وہ بڑھ رہی تھی ______ صدیاں اس کی ہم رکاب تھیں۔ گمشدہ ادوار، کھوئے ہوئے قرن یہ سب اسے اپنے وجود کا حصہ لگ رہے تھے ______

"کھوئی ہوئی چیزوں کو تلاش کرنا ہے تو جیتے جاگتے انسانوں سے ناطہ جوڑ ______ وحشتوں کے امین تجھے تیری منزل تک پہنچا دیں گے"

زمین و آسمان کی سرگوشی پر وہ سوچ میں پڑ گئی ______ پھر آنکھیں بند کئے سرگوشی کی انگلی تھامے وہ انسانوں کے ہجوم میں آ گئی ______ اُسے بڑی حیرت ہوئی یہاں سب اس جیسے تھے ______ ان سب کی سوچیں، عمل کس قدر ہم آہنگ تھے۔ جیتے جاگتے انسانوں کا یہ گروہ دوسرے تمام گروہوں سے کس قدر مختلف تھا۔

"یار ہمارے ہاں کس قدر گھٹن ہے! ______ ایسا لگتا ہے جیسے ...... جیسے ..... کوئی گلا دبا رہا ہو!" ______ ایک شام وہ اپنے ایک ساتھی کے ساتھ بیٹھی تھی کہ اچانک اس کے ساتھی نے اپنے گلے پر ہاتھ پھیرتے ہوئے بے قراری سے

کہا اور کھسک کر اس کے قریب ہوگیا۔ وہ چند لمحے بغور اسے دیکھتی رہی سوچتی رہی ـــــ
" اپنے اندر کی آگ میں اس گھٹن کو جلا دو ـــــ پرسکون ہوجاؤ گے !" ـــــ اس نے اپنے ساتھی کو بھرپور نظروں سے دیکھتے ہوئے کہا، جس کے چہرے پر تناؤ تھا ـــــ آنکھوں میں وحشت تھی، وجود میں بے چینی تھی، حرکات میں تڑپتی مچلتی خواہش تھی۔
" تم .... تم .... کیسی لڑکی ہو ؟ تمہارے اندر حرارت کا کوئی وجود نہیں ؟ ـــــ صرف سرد جمود ہے ؟" ـــــ اس کے ساتھی نے اپنے دونوں ہاتھ اس کے کاندھوں پر رکھتے ہوئے کہا۔ وہ ہولے سے مسکرا دی۔
" اگر .... اگر .... میری بات جھوٹ ہے تو اپنے وجود کے دہکتے الاؤ میں مجھے جھونک دو ـــــ جلا کر بھسم کردو ! ختم کردو مجھے !" اس کے لہجہ کی لپک پر وہ پھر مسکرا دی۔
" میری پرورش کی بنیادیں جن مضبوط اور پتھریلے اصولوں پر پڑی ہیں ـــــ ان کی وجہ سے یا ـــــ شاید اس وجہ سے کہ میں انصاف، سچ، نیکی اور اخلاقیات پر پختہ یقین رکھتی ہوں ـــــ اور ان کی حفاظت میرا بھی اور تمہارا بھی فرض ہے !" ـــــ اس نے آہستہ سے اپنے ساتھی کے ہاتھوں کو اپنے کاندھے سے اتارتے ہوئے کہا ـــــ اس کے لہجہ کی کاٹ نے اس کے ساتھی کی زبان گنگ کردی تھی۔
" میں تو سمجھی تھی تمہارے وجود کا تلاطم بہت کچھ بہا لے جائے گا ـــــ مگر تم تو عام سے مرد نکلے ـــــ جس کی خواہشات صرف ایک جسم کے حصول تک ہی رہتی ہیں !" ـــــ اس کی آواز کے کرب نے اس کے ساتھی کی نظریں جھکا دی تھیں۔
زندگی کی شاہراہ پر قدم رکھا تو جہاں نت نئی چیزوں کا مشاہدہ ہوا، وہیں وہ عدم تحفظ کا شکار ہوگئی ـــــ راہ کی رکاوٹیں دور کرتی آگے بڑھتی چلی جارہی تھی ـــ مگر نہ جانے اطمینان کہاں چلا گیا تھا ـــــ گھر کی چار دیواری سے نکلتی تو یوں لگتا جیسے

گھنے اندھیرے جنگل میں بھٹک رہی ہو۔ ہر طرف درندوں کی چمکیلی آنکھیں اسے گھور رہی ہیں اور وہ سہم کر دوبارہ اپنی پناہ گاہ میں گھس جاتی ـــ پھر ہمت کرتی، پھر نکلتی ـــ ایک نئے عزم کے ساتھ ـــ ایک نئی امنگ کے ساتھ ـــ چند قدم چلتی اور پھر وہی اندھیرا وہی چمکدار خونخوار آنکھیں ـــ تب وہ فرار کے لئے، اطمینان کے لئے چند لمحوں کے لئے اپنی آنکھیں بند کر لیتی۔

وہ مردوں سے ملتی ان کا رویہ جاگیردارانہ ہوتا ـــ عورتوں کی محفل میں بیٹھتی تو وہ اسے اپنا ہم دم جانتیں ـــ خوبصورت نکھری نکھری لڑکیاں۔ بدہیئت اور بدصورت مردوں کے ساتھ دیکھتی تو جی چاہتا آسمانوں کو پھاڑ کر عرشِ اعظم پر پہنچ جائے ـــ بدوضع مردوں کی حسین بیویوں کو وہ دکھ سے دیکھتی اور سوچتی کہ یہ عورتیں کیوں خوش ہیں؟ ـــ جب ان عورتوں کے اندر اُترتی تب اسے پتہ چلتا کہ یہ حسین عورتیں اپنے حسن کی سزا بھگت رہی ہیں ـــ مجبوری کے اصولوں میں بالجبر، بہ دقت سانس لے رہی ہیں ـــ کیونکہ زندگی کا قرض انہیں بہ طور چکانا ہے ـــ وہ انہیں راستہ دکھاتی:

"تم لوگ اذیت کی اس زندگی سے چھٹکارا کیوں نہیں حاصل کر لیتیں:" ـــ عورتیں حیرت سے اُسے دیکھتیں ان کی خاموش نظریں سوال کرتیں ـــ "پھر ہم کیا کریں گے؟ کیسے زندگی گزاریں گے؟" ـــ کیا مرد اتنی ہی قیمتی چیز ہے جس کے لئے عورت اتنی کربناک زندگی گزارے! ـــ تب اس کے دل میں مردوں کے لئے نفرت ہی نفرت رہ گئی۔ کسی قسم کی خوش گمانی، کوئی اچھی چیز وہ مردوں سے منسوب کر ہی نہ پاتی۔ اس کے جاننے والوں میں کچھ مرد ایسے بھی تھے جن سے صرف محبت کی جاسکتی تھی، مگر ان کی تعداد اتنی کم تھی کہ اصولی کلیہ قرار نہیں دیا جاسکتا تھا۔ بڑے بڑے پارساؤں کے نقاب اس کی ایک نگاہِ غلط انداز سے چاک ہوتے چلے گئے ـــ منافقت اور

جھوٹ سے اٹھے ہوئے خمیر ـــــ بہت سے "باکردار" کھل کر سامنے آگئے۔ لوگوں سے چند لمحوں کی گفتگو نے نام نہاد غیرت اور اخلاقیات کے بھرم کھول دیئے گھروں میں بیڑیاں اور ہتھیلیوں پہ دلوں کو سلئے اس کے ارد گرد پھرنے والے پروانوں نے اس کے اندر کی آگ کو تیز کر دیا ـــــ تب اسے لگا جیسے وہ اپنے وجود کے کڑھاؤ میں زندگی کے تیز شعلوں میں پک رہی ہے ـــــ اُبل رہی ہے ـــــ جانے کب تک اسی طرح پکتی رہے گی۔ جانے کب اس اذیت کا انت ہو گا ـــــ ہو گا بھی یا نہیں ؟

اسلام آباد فروری ۸۵ء

آنچ

"عجیب شہر ہے ——— سردیاں شروع ہوئی ہیں تو برسات —— گرمیاں آتی ہیں تو بارش"——
وہ جانے کب سے کھڑا کھڑکی سے باہر برستی بارش کو دیکھ رہا تھا کہ اچانک بولا ——— اور وہ کھنکھنا کر ہنس پڑی ——" اس کی ہنسی میں آج بھی وہ کھنک ہے ——— جو میرا سرمایۂ حیات ہے!"
وہ ہنوز باہر دیکھتے ہوئے اپنے آپ سے بولا۔
"کیا بڑبڑا رہے ہو ——— کھڑکی بند کردو ——— ادھر آکر بیٹھو ——— سردی لگ جائے گی"
آواز کے تحکّم پر وہ پلٹ پڑا۔
"پتہ نہیں کیوں ——— اس شہر میں اب سنگینی کا احساس ہونے لگا ہے"——— وہ صوفے میں دھنسی اپنی محبوب ہستی کی مدھم آنکھوں میں دیکھتا ہوا بولا جہاں وقت کی لکھی ایک داستان آج بھی ادھورے موڑ پر تھی۔" یہ تو تمہارا اپنا شہر ہے۔ یہاں کے چپّے چپّے پر تمہاری یادیں بکھری ہیں——— لمحے لمحے پر خوبصورت اور انمول گھڑیاں نقش ہیں!"——— پرانے انداز کے آتش دان میں لگے جدید طور کے ہیٹر کی آگ کی لو تیز کرتے ہوئے وہ بولی۔
"کیا اپنے ظالم نہیں ہو سکتے؟؟"——— درد کی شکایت اسکے لہجے میں مچل اٹھی تھی۔ دکھ کی آواز اس کی نظروں میں پھیل گئی تھی۔
"اس کا اندازہ کیسے ہوا؟"——— وہ اس کی نظروں سے بچتی ہوئی بولی۔
"روحی! ——— ایسا لگتا ہے تم ——— زندگی سے دور ہوتی جا رہی ہو ——— اور ———

تم پر آہستہ آہستہ جمود کی کیفیت طاری ہوتی چلی جا رہی ہے ـــــ" وہ صوفے کی پشت سے ٹیک لگاتے ہوئے بولا۔

"نہیں تو ـــــ منجمد تو میں ـــــ ہمیشہ کی ہوں ـــــ یہاں آکر تو ـــــ اور . . . . ."

وہ خاموش ہوگئی۔

"یہاں آکر کیا انقلاب آگیا ہے؟ ـــــ اس نے سوال کیا۔

"یہی کہ ـــــ یہ جمود کہیں سے بری طرح تڑخا ہے اور ـــــ اس کی دراڑیں مجھے بہت اذیت دے رہی ہیں!" ـــــ وہ ایک لمبی سانس لیتے ہوئے بولی۔

"یہ اذیت تم نے خود اپنے لئے چنی ہے!" ـــــ وہ جھٹکے سے سیدھا ہوتے ہوئے بولا ـــــ

"نہیں ـــــ عارف خان ـــــ نہیں ـــــ انسان اتنا بے بس ہے کہ وہ خود اپنے لئے کچھ نہیں کر سکتا ـــــ کوئی نادیدہ اشارہ ـــــ شاید تقدیر کا ـــــ جدھر چاہتا ہے اسے ہانکتا چلا جاتا ہے!" ـــــ وہ چھت پر لگے فانوس کو گھورتی ہوئی بولی۔

"تم نے کب کسی کی پرواہ کی ہے؟" ـــــ عارف خان نے ایک نظر اس کے نحیف وجود کو دیکھا اور کہا۔ پھر ایک طویل خاموشی چھا گئی بس ہیٹر جلنے کی ہلکی ہلکی آواز گونج رہی تھی۔

"واقعی بڑا سنگین شہر ہے!" ـــــ کافی دیر بعد وہ جھکے سر کو اٹھا کر بولا۔

"پھر دورہ پڑا سنگینی کا؟؟" ـــــ روحی اس کے جگہ جگہ سے روپ کھوتے گھنے بالوں پر نظریں دوڑاتی ہوتی بولی۔

"یہاں اتنے سناٹے ہیں کہ ـــــ طبیعت گھبرا سی گئی ہے!" ـ اس کے لہجے میں اکتاہٹ تھی۔

"مگر عارف ـــــ تم کو تو سناٹے ـــــ خاموشی ـــــ ہمیشہ سے پسند تھے ـــــ تم نہیں کہتے تھے کہ ـــــ بس رہنے کو تو یہی شہر ہے۔ یہاں ایک چھوٹا سا گھر بناؤں گا ـــــ اور سکون سے رہوں گا ـــــ یہ شہر کبھی چیختا نہیں ـــــ شور نہیں مچاتا ـــــ بے اماں نہیں کرتا" ـــــ

اس کی آنکھوں کے سامنے سے رنگا رنگ خوبصورت ماہ و سال شریر کھلکھلاتے بچوں کی مانند اچھلتے کودتے چلے جارہے تھے اور وہ ایک بے خودی کے عالم میں بول رہی تھی۔

"ہاں کیا کرتا تھا، لیکن کسی شرط پر تمہیں کچھ یاد ہے؟" — عارف پھر جھلا اٹھا تھا۔

"خواہشات کبھی مشروط نہیں ہوتیں — اور یہی بات کبھی اس شہر کے لئے میں نے کہی تھی تو تم بالکل اسی طرح ناراض ہوئے تھے — یاد ہے؟؟ — بیتے دنوں کی یاد نے اس کے پورے وجود کو جگمگا دیا تھا۔

"تم — ہمیشہ کی طرح آج بھی — اپنے بارے میں کوئی بات نہیں کرنا چاہتیں؟ — اس کی جھلاہٹ نے غصہ کا روپ دھار لیا تھا۔

"مم.... مم..... لگ........ کیا...... اب..... تو..."

اور عارف کی ہنسی میں اس کا ادھورا جملہ دب کر رہ گیا۔

"ہا! ہا! ہا! — تم اب بھی وہی ہو — وہی ہو — بالکل وہی! — وہ اس کی ہکلاہٹ پر بے ساختہ ہنس پڑا تھا۔ اس کے ہنسنے کا انداز روحی کو ہمیشہ ہی بھاتا تھا۔ وہ جب بھی آنکھیں بند کر کے ہنستا اس کا جی چاہتا کہ عارف اسی طرح ہنستا رہے اور وہ کھلی آنکھوں سے اسے اپنے اندر اتارتی رہے۔"

"ایسا لگتا ہے تم پہلے کے مقابلے میں زیادہ درد مند اور مخلص ہوگئے ہو!" وہ اس کی آنکھوں کو دیکھتے ہوئے بولی جہاں بے ساختہ ہنسی نے نمی پیدا کر دی تھی۔

"وہ کیسے؟؟" ہتھیلیوں سے نم آنکھوں کو پونچھتے ہوئے وہ بولا۔

"سنا ہے ہنسی کے دوران آنکھوں میں اترنے والے آنسو مخلص ہونے کی نشانی ہوتے ہیں۔" وہ بولی۔

"یہ آنسو — خلوص کے نہیں شکست کے ہیں!" — عارف کی آواز میں لرزش تھی۔

"اتنی زندگی شکست کے احساس کے سہارے گزار دی؟" — اس نے کھلنے

ہوئے پوچھا۔ جانے کیوں حلق میں پھندا سا لگ گیا تھا۔

"ہاں ــــ جینے کا کوئی تو سہارا چاہیئے ــــ جب انسان ہاتھ کھینچ لیتا ہے تو سہارے کا متلاشی اپنے اندر کی ٹوٹ پھوٹ سے کوئی سہارا کھینچ نکالتا ہے!"ــــ اس کا لہجہ ہانپ گیا تھا ــــ

"فرار کو سہارے کا نام مت دو!" وہ مدھم آواز میں بولی۔

"تم جس آگ کے دریا سے گزری ہو ــــ اس نے تمہیں کندن بنا دیا ہے ــــ اور میں سب کچھ ہوتے ہوئے بھی کچھ نہیں!"ــــ عارف اس کی طرف دیکھتے ہوئے بولا۔

"اگر آدمی کے بس میں ہوتا ــــ اگر وہ اپنے جینے کی راہ چننے میں مختار ہوتا ــ تو ــ تو کوئی کبھی کندن بننے کی آرزو نہ کرتا!"ــ اس کی آواز میں رعشہ اتر آیا تھا ــ عارف کو ایسا محسوس ہوا جیسے اس ایک جملے میں اس کا پورا وجود اس کی تمام خواہشات ـ اس کے تمام حوصلے کراہ اٹھے ہوں۔

"گویا بھسم ہو چکی ہو۔ زندگی کی کوئی رمق باقی نہیں رہی؟" وہ اٹھ کر روحی کے قدموں میں بیٹھتا ہوا بولا۔

"خزاں کا موسم شروع ہو چکا ہے ــ اب یہ برسات بھی ان خشک ٹہنیوں کو نمی نہیں دے سکتی!" ــــ وہ کھڑکی سے باہر ٹنڈ منڈ درختوں پر گرتی موسلا دھار بارش کو دیکھتے ہوئے بولی۔

"پتہ نہیں کیوں ــ مجھے اس بات کا یقین تھا کہ ــــ میں جب بھی تم سے ملوں گا تم ویسی ہی ہوگی جیسا کہ تم کو پہلی بار ــــ نہیں شاید آخری بار دیکھا تھا ــــ جب تم اس شہر۔ اس ملک سے سب کچھ سمیٹ کر جا رہی تھیں ـ" وہ روحی کے نازک ہاتھوں کو اپنے یخ ہاتھوں سے سہلاتا ہوا بولا۔

"کونپل سدا کونپل نہیں رہتی!"ــــ وہ خالی نظروں سے اپنے ہاتھوں کو دیکھتی ہوئی بولی جنہوں نے محبت کا کوئی لفظ، پیار کا کوئی جملہ، چاہت کا کوئی بول عارف کے وجود پر نہیں لکھا تھا۔

"شاداب درخت کا روپ تو دھار سکتی ہے!"۔ وہ اس کی خالی نظروں میں بہت کچھ کا متلاشی تھا۔

"درخت پر خزاں بھی آتی ہے!" وہ بڑبڑائی۔

"ہوں ـــــ اگر تم میری بات مان لیتیں ـــــ تو آج خزاں اِدھر کا رُخ نہیں کر سکتی تھی ـــــ تمہاری دراڑیں ـــــ تمہاری بنیاد بن چکی ہیں!"ـــــ عارف نے ٹھنڈی نظروں سے اسے دیکھتے ہوئے کہا۔

"بات یہ ہے عارف خان!ـــــ کہ ــ میں نے زندگی میں کوئی چیز کسی کے ساتھ شیئر (SHARE) نہیں کی ـــــ مل بانٹ کر کھانے کے فلسفہ پر تو میرا ایمان ہی نہیں ہے۔ یہ بزدلوں کا شیوہ ہے ـــــ سہمے ہوئے لوگوں کا وطیرہ ہے ـــــ مجھے جب جب یہ احساس ہوا کہ میری پسندیدہ چیز میں کوئی شراکت کا خواہاں ہے ـــــ یا کوئی چیز مجھے پسند آئی ہو اور اس پر پہلے سے کوئی قابض ہو ـــــ تب تب میں نے یکلخت ان چیزوں کو چھوڑ دیا ـــــ حتیٰ کہ ماں باپ کی محبت سے بھی کنارہ کشی اختیار کر لی۔ میرے چھوٹے بہن بھائی جب میرے ماں باپ کی توجہ اپنی طرف مبذول کرا لیتے تو میں ـــــ خود بہ خود الگ ہو جاتی ـــ اور۔۔۔!"

"بالکل ایسے جیسے تم نے مجھ سے ناطہ توڑ لیا کیوں؟!"ـــــ عارف نے اس کی بات کاٹ دی۔

"ہاں عارف ـــ تنہائی کا عذاب بہتر ہے ـــــ شیئر کی اذیت سے!"ـــ اس نے صوفے کی پشت پر سر ٹکاتے ہوئے کہا اور آنکھیں موند لیں۔ عارف خاموشی سے اٹھ کر سامنے والے صوفے پر جا بیٹھا ـ کسی گہری سوچ میں گم۔

"تمہیں پتہ ہے ـــــ تمہارے انکار نے دو زندگیاں تباہ کر دیں!"ـــــ عارف اس کے تھکے چہرے پر نظریں ڈالتے ہوئے بولا۔

"دو نہیں ـــــ صرف ایک کہو ـــــ یہ حق مجھے کس نے دیا تھا کہ میں کئی زندگیوں

کوتاہی کی طرف دھکیل دوں!" اس نے آنکھیں نیم وا کیں اور پھر سے موند لیں۔

"تمہاری سوچیں انتہا پسند ہیں ـــ ہماری برادری میں دو شادیاں کرنا کوئی عیب نہیں ـــ یہ بہت عام سی بات ہے ـــ اپنی چچازاد سے تو مجھے شادی کرنا ہی تھی ـ مگر تم تو میری محبت تھیں ـــ پہلی اور آخری۔ اور یہ بات میرے والدین بھی جانتے تھے۔ انہیں اس امر پر کوئی اعتراض نہ تھا۔ وہ تم کو اسی طرح بہو بنا کر لاتے جس طرح میری چچازاد کو لاتے ـــ مگر ـــ مگر ـــ تم نے کبھی میری بات پر دھیان نہ دیا ـــ اور پھر ـــ تم تو روحی ہمارے گھر کی پسندیدہ شخصیت تھیں!" ـــ عارف خاموش ہو گیا ـــ روحی کا رنگ زرد ہو گیا وہ یقین جو برسوں کی پرورش کے بعد استقلال بن کر اس کے وجود میں زندہ تھا، عارف کے ایک جملے سے بھک سے اڑ گیا ـــ تھکن اور بڑھ گئی تھی۔

"کیا بات ہے؟ ـــ تمہارے چہرے پر اسقدر زردی چھا گئی ہے؟" ـــ چند لمحوں بعد عارف نے اس کے چہرے کو دیکھتے ہوئے پریشانی بھرے لہجے میں کہا۔ اسے کیا معلوم تھا کہ اسی ایک لمحے میں روحی پر کیا قیامت بیت گئی، کتنی آندھیاں اٹھیں، کتنی تباہی مچی، کتنی دراڑیں پڑیں، کسقدر ٹوٹ پھوٹ مچی، اس ایک لمحے میں گزرے ہوئے ماہ و سال کو کس شدت سے اس نے پکارا کہ ہانپ ہانپ گئی ـــ لفظوں کی تیز آنچ میں سب کچھ پگھل گیا تھا اور اب وہ سنبھلنا چاہ رہی تھی۔

"دیکھا ـــ میں نہ کہتا تھا کہ آغا جان روحی آنٹی کے ہاں ہوں گے!" ـــ اس کا جواں سال بیٹا اپنی بیوی کے ساتھ وسیع و عریض کمرے میں داخل ہوتے ہوئے بولا۔

"آؤ ـــ بیٹا ـــ بیٹھو!" ـــ روحی نے بمشکل کہا۔

"آغا جان ـــ آپ بہت PALE لگ رہے ہیں" ـــ اس کی بہو نے اسے دیکھتے ہوئے پریشانی بھرے لہجے میں کہا۔

"ارے بیٹا نہیں ـــ میں ٹھیک ہوں!" ـــ عارف نے دلاسہ دیا۔

"آغا جان شاید کافی دیر سے بیٹھے ہیں اسی وجہ سے تھکے لگ رہے ہیں !" وہ باپ کو سہارے کے لئے ہاتھ بڑھاتا ہوا بولا ۔

"تمہاری امی کب آ رہی ہیں ؟ ــــ فون کیا تھا ؟" عارف نے بیٹے کے مضبوط ہاتھوں کے سہارے اٹھتے ہوئے پوچھا ۔

"ہاں ــــ کیا تھا چھوٹی آپا کی ڈیلیوری کے بعد آئیں گی" ــــ بیٹے نے بتایا۔

"آنٹی ــ کتنے مہینے ہو گئے ہمیں یہاں آئے ــــ آپ بھی تو نکلئے ــــ آپ نے تو اپنے آپ کو بالکل قید کر لیا ہے !" ــــ اس کی بہو روحی کی طرف دیکھتی ہوئی پیار بھرے لہجے میں بولی ۔

"بیٹا ــــ تمہاری آنٹی سدا سے زنجیروں میں بندھی ہیں ــــ اور یہ زنجیریں انہوں نے خود اپنے لئے پسند کی ہیں" ــــ وہ بیٹے بہو کے پیچھے آہستہ روی سے چلتا ہوا بولا ۔

"عارف !" ــــ روحی کی لرزتی آواز نے فریاد کی ــــ اور اس کے قدم پلٹ پڑے ۔

"روحی !" محبت کا خمار اس کے لہجے سے جھلک پڑا ــــ وہ نہ جانے کتنی دیر تک اس کے کاندھوں پر ہاتھ رکھے اسے دیکھتی رہی ۔ ڈھونڈتی رہی ــــ گم ہوتی رہی ۔

"عارف ــ تم نے ــــ تم نے ــــ یہ پہلے کیوں نہ بتایا ؟" اس نے کہا اور عارف کے کاندھے پر منہ رکھ کر پھوٹ پھوٹ کر رونے لگی ! !

قانونِ قدرت

وہ کسی طور شادی پر راضی نہ ہوتی تھی ـــــ وہ بھی جانے کیوں شادی کے سخت خلاف تھا۔ تب ایک جگہ ایک تقریب میں دونوں کی ملاقات ہوئی ـــ یہ ملاقات چند مہینوں میں دوستی میں بدل گئی ـــــ اس کے ماں باپ کو امید بندھ گئی کہ شاید ان کی بیٹی اب شادی کر لے ـــــ ان کی دوستی کو تین برس ہو چکے تھے ـــ اور وہ صرف دوست ہی تھے ـــ اس کے ماں باپ خاندان اور دنیا والوں کی باتوں سے عاجز آ چکے تھے ـــ تب ایک دن اس کی ماں بلک پڑی ـــ باپ کی حالت پر دہل کر رہ گئی۔

"کیا میں اپنے ماں باپ کو کوئی سکھ نہیں دے سکتی ؟" ـــ یہی سب سوچ کر اس نے اپنے دوست کو ساری بات بتا دی۔

"وہ تو سب ٹھیک ہے ـــــ اور میں بھی اسی عذاب سے گزر رہا ہوں ـــ مگر۔۔۔۔۔ مگر۔۔۔۔؛

"ہاں ! ہاں کہو !" ـــ اس نے سہارا دیا۔

"بات یہ ہے ۔۔۔۔ کہ ۔۔۔۔ کہ۔۔۔۔۔ میری نفسیات ۔۔۔۔ یعنی کہ ۔۔۔۔ کچھ عجیب سی ہے ۔۔۔۔ مقصد یہ ہے کہ ۔۔۔۔۔ کہ ۔۔۔ میں اپنے ہم جنس سے ہی مطمئن رہ سکتا ہوں !" ـــــ اس نے گردن جھکاتے جھکاتے بمشکل اپنی زندگی کا سب سے اہم راز بتا دیا ـــ طویل خاموشی سے گھبرا کر اس نے سر اٹھایا ـــــ لڑکی کے چہرے

کے عجیب تاثرات تھے ـــــ سرخی ـــــ نہ جانے کس چیز کی! ـــــ حیرت ـــــ نہ معلوم کس جذبہ کی! ـــــ آنکھوں میں چمک ـــــ انجانے سے خیال کی ـــــ

"پھر تو ـــــ ہم ایک ہی کشتی کے سوار ہوتے نا!" ـــــ لڑکی کی آواز سن کر وہ حیرت زدہ رہ گیا۔

"ہاں! ـــــ میں بالکل سچ کہہ رہی ہوں!" ـــــ اس نے رسانیت سے کہا۔

"ٹھیک ہے ـــــ پھر ہم دونوں شادی کر لیتے ہیں ـــــ بس ایک دوسرے کے معاملات میں دخل نہیں دیں گے!" ـــــ اس نے پہلی بار لڑکی کا ہاتھ پکڑتے ہوئے فیصلہ کن لہجہ میں کہا۔

ان کی شادی کو چھ برس بیت چکے ہیں ـــــ اب وہ دونوں ایک پھول سی بچی کے والدین ہیں ـــــ مگر آج بھی انہیں حیرت ہے یہ کیسے ہوا؟ کیوں ہوا؟ کب ہوا؟؟؟

کراچی ۱۹۷۹ء

ڈبل مے!

عصمی کو کراچی کے بارے میں صرف اتنا یاد تھا کہ ناظم آباد کے کسی علاقے میں بہت سارے مکانوں کے بیچ ایک چھوٹا سا دو کمروں کا مکان جس میں ایک صاف ستھرا صحن تھا اور وہ اس صحن میں دن بھر دوڑ لگایا کرتی تھی ـــــ کراچی کی یادوں کا کل سرمایہ یہی ایک ہلکی سی شبیہہ تھی ـــــ اس کے بابا کو پنجاب کا علاقہ بے حد پسند تھا اور یہی وجہ تھی جب وہ صرف چار برس کی تھی تو بابا پنجاب میں آباد ہو گئے ـــــ اور اب تقریباً بائیس تیئیس برسوں بعد وہ اپنی خالہ کے گھر شادی کے بعد پہلی بار کراچی آئی تھی۔ کتنا شوق تھا اسے کراچی دیکھنے کا ـــــ کتنی باتیں سن رکھی تھیں اس نے کراچی کے بارے میں مگر بس کبھی موقع ہی نہ ملا ادھر آنے کا۔ جو عزیز رشتہ دار تھے سب ہی کی اپنی مصروفیات تھیں ـــــ وہ دو ہفتہ سے کراچی میں تھی اور شہر کا چپہ چپہ گھوم چکی تھی ـــــ اس وقت بھی بستر پر لیٹی شہر کی رنگینیوں میں گم تھی کہ اپنی خالہ زاد بہن رانی کی آواز پر چونک پڑی۔

"آپی ـــــ میں ذرا بازار تک جا رہی ہوں چلیئے گا؟" ـــــ وہ اٹھ کر بیٹھ گئی۔

"چلو ـــــ مگر گاڑی تو خالو جان لے گئے ہیں؟" ـــــ اس نے کہا۔

"ارے واہ! ـــــ ہم کراچی والے بہت تیز ہوتے ہیں ـــــ یہاں تو بچہ بچہ بسوں اور منی بسوں پہ سفر کرتا ہے ـــــ ویسے تو میں بازار تک پیدل

بھی جا سکتی ہوں۔ مگر آیئے آپ کو کراچی کی بسوں کی سیر کرا دوں بس ایک سٹاپ کے فاصلے پر منزل ہے !" ـــــ رانی نے دعوت دیتے ہوئے کہا۔

" اللہ نہیں ـــ بس تو بہت بھری ہوتی ہے !" عصمی گھبرا کر بولی۔

" جناب بھری بھی وہ میرے آپ کے جیسے انسانوں سے ہوتی ہے پھر ہمارے ہاں یا تو دو ٹانگوں پر سفر کیا جاتا ہے یا پھر بس پر اور اگر زیادہ عیاشی سوجھی تو منی بس پر ـــ چلئے آج آپ کو عیاشی کرادیں ـ یعنی منی بس پر لے چلیں !" ـ رانی اس کا ہاتھ پکڑ کر اٹھاتی ہوئی بولی

" اچھا ـــ چلو !" ـــ عصمی تیار ہو گئی۔

وہ کافی دیر سے سٹاپ پر کھڑی تھیں ـــــ بسوں کا یہ حال تھا کہ انہیں دیکھ کر ہی عصمی کا دم الٹنے لگتا تھا اسقدر کھچا کھچ بھری ہوتی تھیں ـ منی بسیں آ تو رہی تھیں مگر ان کا بھی وہی عالم تھا ـــــ اچانک ایک منی بس آ کر رکی سیٹ خالی دیکھ کر رانی لپک کر آگے آتی ـ پہلے رانی بیٹھی پھر عصمی ، عصمی نے گردن موڑ کر پیچھے کو دیکھا ٹکٹ لینے والا لڑکا بدمعاشی سے مسکرا کر زور سے بولا: ڈبل ہے ! عصمی ایکدم گھبرا کر سامنے دیکھنے لگی ۔ سٹاپ پر بس رکی رانی نے عصمی کو ٹھوکا دیا۔

" کہاں کھوئی ہوئی ہیں اُتریئے !" ـــ اور وہ چونک کر اُتر گئی ۔ وہ دونوں اتر کر نیچے کھڑی ہو گئیں ٹکٹ لینے والا لڑکا اندر منہ کئے ڈرائیور سے کچھ بات کر رہا تھا ایکدم دروازے پر لٹک سا گیا اور لفنگے پن سے ہنس کر زور سے بولا" ڈبل ہے !"

عصمی کا چہرہ سرخ ہو گیا ۔اس نے چور نظروں سے اپنے بلکے سے ابھرتے ہوئے پیٹ کو دیکھا۔

" واقعی کراچی والے بڑے تیز ہوتے ہیں ـــ ابھی تو کوئی واضح آثار بھی نہیں پھر بھی پتہ نہیں کیسے کم بخت کو پتہ چل گیا !!"

کراچی ۱۹۷۹ء

خانقاہ

" مہذب دنیا کے تہذیبی رویے اور مذاہب میں پلنے والے لوگ درحقیقت اندھیری خانقاہوں کی پروردہ ذہنیتیں ہیں ۔ جہاں اجالے کی کرن گھور اندھیرے کے پیٹ میں بے بسی سے اُتر جاتی ہے جب جب مذہب اور تہذیب کے نام پر انسان انسان سے جدا ہوا تب تب میرے اندر ان چیزوں کے لئے نفرت کی لہریں بیدار ہوئیں ۔ شاید اسی لئے نہ مجھے مذہب پر اعتقاد ہے اور نہ میں نام نہاد تہذیب کو مانتی ہوں ۔ ہاں صرف ایک چیز میرے وجود کا حصہ لگتی ہے ـــــ اور وہ ہے انسانیت ـــــ وہی انسانیت جو مذہب اور تہذیب کے شکنجے میں دبی تڑپنے کے باوجود باوقار ہے ـــــ روشن ہے ـــــ راہنما ہے !"

تالیوں کی گونج میں میں اسٹیج سے اُتری تو میرے کلاس فیلوز اور دوستوں نے گھیر لیا ـــــ "ویری ریڈیکل !" ـــــ امجد نے تعریفی لہجے میں کہا ۔

" آپ کے خیالات اتنے انتہا پسند کیوں ہیں ؟" ـــــ ایک اور لڑکا داڑھی پر ہاتھ پھیرتے ہوئے بولا ۔

"لوہا لوہے کو کاٹتا ہے ۔" ـــــ میں نے اسے بغور دیکھتے ہوئے ہنس کر کہا ۔

" لاحول ولا ـــــ نہ جانے یہ لڑکیاں کیا سمجھنے لگی ہیں اپنے آپ کو !" ـــــ اس کی بڑبڑاہٹ کو نظر انداز کرتے ہوئے میں دوسری طرف متوجہ ہوگئی ۔

تقریباً چار بجے کیمپس سے تھکی ہاری ہاسٹل پہنچی ـــــ سارا وقت تقریری مقابلے ہی

کی نذر ہوگیا تھا ـــــ کمرہ کھول کر قدم رکھا ہی تھا کہ زمین پر پڑے ہوئے ایک لفافے کو دیکھ کر خوشی سے جھوم اٹھی ـــــ احسن کا خط تھا ـــــ میں نے فائل ایک طرف پھینکی اور بے تابی سے لفافہ کھول کر خط پڑھنے لگی ـــــ جوں جوں خط پڑھتی جارہی تھی ایک نئی تازگی، ایک انوکھی سی خوشی کا احساس میرے رگ و پے میں تریاق بن کر اُترتا محسوس ہورہا تھا ـــــ وہ ایک لڑکی کی محبت میں گرفتار تھا ! ـــــ دنیا کے سب خوبصورت جذبے سے ہم کنار ہوا تھا ـــــ میرا بس نہیں چل رہا تھا کہ کیسے اڑ کر اس کے پاس پہنچ جاؤں اور اس کے لیے چوڑے وجیہہ وجود کو اپنی بانہوں میں بھر کر خوب پیار کروں۔ ساری دنیا کو بتاؤں کہ دیکھو ـــــ میرا ماں جایا ـــــ میرا بھائی ـــــ میرا دوست بھی محبت کرنا جانتا ہے ـــــ وہ بھی کسی کے جذبوں کا امین ہے۔ کائنات کا حسن اس کی آنکھوں میں بھی ایک خوبصورت پیکر کے روپ میں اُتر آیا ہے !

"کیا بات ہے آج بہت چہک رہی ہو ؟" دوسرے دن شام میں فون پر بابا سے بات کررہی تھی کہ انہوں نے پوچھا۔

"ہاں ـــــ میں بہت خوش ہوں ـــــ بہت دنوں بعد احسن کا خط آیا ہے !" میں نے کہا۔

"ہوں ـــــ تین چار روز پہلے میرے پاس بھی اس کا خط آیا تھا ـــــ" ان کے لہجے کو میں نے مسکراتے سنا۔

"اچھا ! ـــــ کیا لکھا ہے ؟" میں بے تابی سے پوچھا۔

"بھئی کیا بتاؤں کیا لکھا ہے ـــــ اور جو لکھا ہے وہ پڑھ کر تمہاری امی سخت چراغ پا ہیں ـــــ سارے گھر کو سر پہ اٹھایا ہوا ہے ـــــ حالانکہ ایسی کوئی بات نہیں لکھی اس نے !" بابا نے ہلکے سے ہنس کر کہا۔

"جو کچھ تمہیں لکھا ہے ـــــ اسی کی تکمیل کی اجازت مانگی ہے !ـــــ انہوں نے کہا۔
"تت ..... تت ..... تو ......" میں ہکلا گئی۔
"تو کیا ؟ ـــــ بھئی زندگی اسے گزارنا ہے ـــــ میں نے لکھ دیا کہ تمہاری پسند ہماری پسند ہے ـــــ لڑکی کو یہاں لے آؤ ـــــ مسلمان کر کے شادی کر لو!" ـــــ بابا کی آواز میں خوشی تھی۔

"ان کا تو دماغ خراب ہو گیا ہے" ـــــ سنا تم نے ؟ ـــــ کل شام سب کو چائینز لے کر گئے تھے جب میں نے وجہ پوچھی تو بولے: "میرا لونڈا کوئی بدھو ہے ـــــ ارے اس نے محبت کی ہے محبت ! ـــــ اور اسی محبت کو CELEBRATE کرنے سب کو لایا ہوں !" ـــــ امّی نے ریسور چھین کر ساری رام کہانی ایک سانس میں کہہ سنائی۔

" اوہ ـــــ تو امّی ـــــ اس میں ناراضگی کی کیا بات ہے ؟ ـــــ شادی تو اسے کرنا ہی ہے ـــــ اگر اس کی پسند سے ہو جاتے تو کیا بُرا ؟" ـــــ میں نے ہنس کر امی کا غصہ کم کرنا چاہا۔

" اچھا ؟! ـــــ اچھی محبت ہے ـــــ یہاں پاکستان میں لڑکیوں کا کال تھا جو ایک غیر ملکی، غیر مذہب کی ......"

" امی ـــــ محبت مذہب، علاقے دیکھ کر نہیں ہوتی !" ـــــ میں نے نرم لہجے میں ان کی بات کاٹ دی۔

" پھر امی ـــــ یہ بھی تو دیکھئے کہ وہ آپ کا کتنا فرماں بردار بیٹا ہے ـــــ اس نے ہمیشہ آپ لوگوں کی مرضی کی۔ آپ نے جو کہا بغیر سوال کئے اس پر عمل کیا۔ زندگی میں پہلی بار وہ اپنی مرضی، اپنی خواہش چاہ رہا ہے تو آپ .... شدتِ جذبات سے میرا گلا رندھ گیا۔

اچھا زیادہ بکواس مت کرو ـــــ تم باپ بیٹی کا تو دماغ خراب ہو گیا ہے !"

امی ایک دم ہی ہنس پڑیں۔ بیٹے کی محبت نے انہیں چند لمحے قبل کی اصول پرست خاندان پرور عورت سے پھر وہی محبت کرنے والی ماں بنا دیا ——— جو اولاد کی خوشی کی خاطر سب کچھ تج دیتی ہے ——— اور میں بھی ماں کے اس روّیے سے کھل اٹھی۔ پھر احسن کے خطوط کے ساتھ ساتھ ٹسی (TESSY) کے خط بھی آنے لگے ——— میں اس کے خط پڑھتی تو لگتا کہ دنیا کی ساری لڑکیوں کی سوچ کا محور ایک ہی ہوتا ہے۔ ان کے جذبے یکساں ہوتے ہیں۔ ان کی خواہشات ایک دوسرے سے کس قدر ہم آہنگ ہوتی ہیں۔

وہ لکھتی "احسن اپنی صحت کا بالکل خیال نہیں رکھتا ——— میں دوسرے شہر میں رہتی ہوں ——— روز اسے فون کر کے تاکید کرتی ہوں ——— مگر ہمیشہ لا پرواہی کر جاتا ہے ——— تم بھی اس کو لکھنا ——— وہ بہت محبت کرنے والا انسان ہے۔ مجھے اندازہ ہو رہا ہے کہ جب وہ مجھ سے اتنی محبت کرتا ہے تو تم سے کتنی کرتا ہو گا!"

ایک بار اس نے لکھا "میں پاکستانی رسم و رواج کے بارے میں سب کچھ جان گئی ہوں ——— احسن نے مجھے ایک ایک بات بتا دی ہے ——— مجھے ایسا لگتا ہے کہ اب میں اجنبی نہیں۔ تم لوگوں ہی میں سے ایک ہوں ——— وہ تمہارے خط ترجمہ کر کے سناتا ہے جو تم اُسے لکھتی ہو اور میں حیران ہوتی ہوں کہ تم لوگ کیسے ہو جو صرف محبت کرنا جانتے ہو!"

اس کا ہر خط، ہر تذکرہ احسن کے گرد ہی گھومتا تھا، ایک بار اس نے لکھا۔

"میں سمجھتی تھی کہ لڑکیاں ہی جذبوں کو سمجھ سکتی ہیں۔ محبتوں کو جانچ سکتی ہیں۔ اسی الوہی جذبے کی قدر کر سکتی ہیں ——— مگر اب پتہ چلا کہ احسن جیسے تمام مرد جذبوں کی شناخت میں اول ہوتے ہیں۔ ہم دونوں تمہارے بارے میں بہت باتیں کرتے ہیں ——— اس نے بتایا ہے کہ تم رائٹر ہو۔ میں نے زندگی میں کسی رائٹر کو نہیں دیکھا ——— ایک بار چلی آؤ پھر ہم تینوں سارا امریکہ گھومیں گے ——— میں تمہیں وہ تمام جگہیں دکھاؤں گی جہاں میں اور احسن گھومتے رہے ہیں۔ اس مقدس مقام پر بھی لیجاؤں گی جہاں میں اور احسن پہلی بار ملے تھے۔ اور حقیقت

تو یہ ہے کہ احسن ہی نے مجھے محبت کرنا سکھائی ہے !"

خطوط کے ساتھ ساتھ ٹیسی اکثر اپنی تصویریں بھی بھیجتی ۔معمولی نین نقش، بوٹے سے قد، سنہرے بالوں والی ٹیسی مجھے بالکل پاکستانی لگتی تھی ـــــ میں کتنی کتنی دیر اس کی تصویر دیکھتی رہتی اسے مبارک باد دیتی کہ وہ دنیا کی خوش قسمت ترین لڑکی ہے جسے میرے بھائی نے ـــــ ایک مرد نے دل کی گہرائیوں سے چاہا ـــــ ایک نئی زندگی کا اشارہ دیا ـــــ ایک انوکھے جذبے سے ہم کنار کیا۔

ایک روز اس کا بہت طویل خط آیا جس میں اس نے اپنے خاندان کے بارے میں بہت کچھ لکھا۔ اس نے لکھا "ہم لوگ اصل میں یونانی ہیں ـــــ کٹر قسم کے رومن کیتھولک، ہماری اپنی مذہبی اور معاشرتی روایات ہیں ـــــ ہمارے ہاں شادیاں عموماً ماں باپ کی مرضی سے ہوتی ہیں ـــــ وہ اس طرح کہ ماں باپ اپنی پسند کے خاندان کے کسی لڑکے کو لڑکی سے ملوا دیتے ہیں ـــــ وہ دونوں کچھ عرصہ ایک دوسرے کو پرکھتے ہیں۔ پھر ایک دن شادی ہو جاتی ہے ۔یعنی لڑکی کا اختیار بس یہ ہے کہ وہ ماں باپ کی پسند کو اپنی پسند بنالے ۔احسن کو ابھی تک میرے والدین میرا دوست ہی سمجھ رہے ہیں ـــــ اور اس معاملہ کا علم صرف میری بڑی بہن کو ہے ـــــ وہ بھی اکثر اپنے خدشات کا اظہار کرتی رہتی ہے کہ میرے والدین شاید اس امر کے لئے تیار نہ ہوں ـــــ دیکھو کیا ہوتا ہے ۔ دعا کرنا کہ خدا احسن کو کسی دکھ سے آشنا نہ کرے۔ وہ نہ صرف ایک محبت کرنے والا مرد ہے بلکہ ایک اعلیٰ درجہ کا انسان بھی ہے !"

اسی خط و کتابت میں ایک برس بیت گیا۔ اب اس کی بے شمار تصاویر میرے پاس نہیں ۔کہیں وہ اکیلی کھڑی ہے ،کہیں احسن کے ساتھ ،کہیں لیب میں کام کرتے ہوئے کہیں بے تحاشہ ہنستے ہوئے ۔کہیں خاموش بیٹھی ہے ـــــ اور مجھے یہ خاموش تصویریں بڑی قوس و قزح رنگ کہانیاں سناتیں ۔جن کی حدت میں اپنے اندر کہیں محسوس کرتی۔

میرا فائنل ایر کا آخری پرچہ تھا اسی کی تیاری میں مصروف تھی ـــــ یہ ٹروسن یسما میرے کمرے میں آکر میرے نام کا ایک خط دے گئی ـــ یہ احسن کا خط تھا ـــــ دو تین ماہ بعد اس کا خط آیا تھا ـــــ اس کے بھی امتحانات ہورہے تھے۔ میں جیسے جیسے خط پڑھتی جارہی تھی ایسا لگ رہا تھا جیسے میری جان آہستہ آہستہ جسم سے علیحدہ ہوتی چلی جارہی ہے۔ محبت کے اس نرم و نازک بندھن کو جس میں ٹیسی اور احسن بندھے تھے۔ مذہب کی تلوار نے بری طرح کاٹ دیا تھا۔" اصل میں صبا ـــ وہ کٹر کیتھولک ہے ـــ وہ کسی طور مذہب بدلنے کو تیار نہیں وہ کہتی ہے تم کیتھولک کیوں نہیں ہو جاتے ـــ اب تم ہی بتاؤ بھلا ایسا کیسے ممکن ہے؟" ـــــ احسن کے خط کی آخری سطور جیسے میرے ذہن پر، دل پر ہتھوڑے برسا رہی تھیں ـــــ میں نے زندگی میں پہلی بار انسان کی ازلی بے بسی کو رگ رگ میں محسوس کیا۔

احسن کا خط آئے ایک ماہ سے زیادہ ہوگیا تھا مگر میں نے جواب نہیں لکھا ـــــ میں لکھتی بھی کیا؟ میرے پاس لکھنے کو تھا بھی کیا؟

پھر مجھے ٹیسی کا آخری خط ملا۔ کرب اور دکھ سے بھرا ہوا ـــــ

"سنو صہبا ـــــ میں نہیں چاہتی تھی کہ اس کو کوئی دکھ پہنچے مگر میں جانتی تھی کہ ہوگا یہی ـــــ جب میری بہن نے ڈرتے ڈرتے میرے ماں باپ سے ہم دونوں کے بارے میں بتایا تو انہوں نے کہا: " ہاں ـــ احسن بہت اچھا لڑکا ہے۔ ہمیں بہت پسند ہے اور ہم یہ بھی جانتے ہیں کہ ٹیسی اس کے ساتھ بے حد خوش رہے گی ـــــ لیکن ہماری صرف ایک شرط ہے کہ وہ رومن کیتھولک مذہب اختیار کرلے ـــــ اور پھر ـــ صہبا ـــ باوجود ہم سب بہن بھائیوں کے دلائل کے، کوششوں کے ـــ مذہب جیت گیا ـــ محبت ہار گئی ـــــ جذبے ختم ہوگئے امنگیں مرگئیں ـــ مجھے بچپن سے مذہب کی جو تعلیم ملی اس سے تو یہ پتہ چلتا تھا کہ مذہب ہی وہ واحد چیز ہے جو ہر آڑے وقت میں انسان کا سہارا ہے ـــــ انسان کو مصائب و آلام میں مذہب ہی صرف

سکون دے سکتا ہے مگر اب مجھے پتہ چل رہا ہے کہ در حقیقت ایسا نہیں ہے —— مذہب انسانی جذبات، بے ضرر اور معصوم خواہشات کے قتلِ عام کا نام ہے —— انسان کو انسان سے چھڑانا ہو تو مذہب ہی وہ واحد چیز ہے جو سب سے زیادہ طاقتور ہے! میں جانتی ہوں احسن مرد ہے بہت جلد دنیا میں بہل جائے گا —— مروں گی تو میں بھی نہیں —— لیکن اب آنے والی زندگی کا ہر لمحہ موت سے بدتر ہو گا —— میری روح کے سکون کے لئے دعا کرنا —— کیونکہ تم تو صرف محبت کرنا جانتی ہو ——"

تمہاری ٹیسی ——

احسن نے تعلیم کی تکمیل کے بعد وہیں سروس کر لی تھی —— پورے چار برس بعد وہ پاکستان آرہا تھا —— دو ماہ بعد اس کی شادی تھی۔

"کیا بات ہے احسن —— بہت دبلے ہو گئے ہو!" —— ایک رات وہ میرے کمرے میں تھا کہ میں نے پوچھا۔

"ہوں —— نہیں تو —— وزن کافی بڑھ گیا تھا —— اب ٹھیک ہے!" —— وہ میری مسہری پر دراز ہوتے ہوئے بولا۔

"چند ماہ پہلے جو تم نے اپنی تصویر بھیجی تھی اس میں تو پنجابی فلم کے ہیرو لگ رہے تھے!" —— میں نے مسکراتے ہوئے کہا۔

"ہاں —— اس کے بعد کچھ بیمار رہا —— کچھ کام کا دباؤ —— !"۔ مجھے اس کی آواز میں عجیب سی بے حسی کا احساس ہوا۔

"ایک بات پوچھوں؟" —— کافی دیر اِدھر اُدھر کی باتوں کے بعد میں نے پوچھا۔

"ہاں —— پوچھو!" —— اس کے لہجہ میں ہلکی سی حیرت تھی۔

"جب سے تم آئے ہو ایک خیال ذہن پر سوار ہے —— مگر شادی کے

ہنگامے میں موقع ہی نہیں ملا کہ پوچھتی "۔۔۔۔۔۔ میں نے اس کے چہرے کو بغور دیکھتے ہوئے کہا۔۔۔۔۔ جہاں ایک سایہ سا آکر گزرگیا تھا۔

"مجھے معلوم تھا۔۔۔۔۔ اسی لئے آج ادھر آگیا!"۔۔۔۔۔ وہ کہتا ہوا اُٹھ بیٹھا۔۔۔۔۔

"کافی پیو گے؟"۔۔۔۔۔ میں نے تھرماس اٹھاتے ہوئے پوچھا۔

"ہاں۔۔۔۔۔ دے دو!" وہ خاموش ہوگیا۔

"وہ ٹیسی آجکل کہاں ہے؟"۔۔۔۔۔ کافی دینے کے بعد میں نے پوچھا۔ اس نے ایک نظر مجھے دیکھا اور سر جھکا لیا۔۔۔۔۔ ہم دونوں ہی خاموش تھے میرے پاس شاید کچھ اور پوچھنے کا حوصلہ ختم ہوگیا تھا۔۔۔۔۔ اور اس کے پاس یقیناً کچھ کہنے کی ہمت نہ تھی۔ میں بالکل خالی الذہن بیٹھی اس کے جواب کا انتظار کررہی تھی۔ کافی دیر بعد اس نے جھکا ہوا سر اٹھایا۔۔۔۔۔ اس کی آنکھیں کسی اندرونی کرب سے سُرخ ہورہی تھیں۔

"صبیا۔۔۔۔۔ وہ مرگئی!"۔۔۔۔۔ اور یہ چند الفاظ جیسے میرے پورے وجود کو ہلا کر رکھ گئے۔ کافی کا مگ میرے ہاتھ سے چھوٹ گیا مسہری کی سفید چادر پر انمٹ بدنما نشان بناتا ہوا قالین پر لڑھک گیا۔۔۔۔۔ "مگ۔۔۔۔۔ کیا۔۔۔۔۔ کیسے۔۔۔۔۔ مرگئی۔۔۔۔۔ احسن۔۔۔۔۔ تم نے تو۔۔۔۔۔" اور میں اپنی جگہ ساکت ہوگئی پتھر کی بن گئی۔

احسن کے چہرے پہ کوئی تاثر نہ تھا۔۔۔۔۔ بس ایک جامد سرد خاموشی تھی۔

"جب وہ بات ہوئی تھی نا۔۔۔۔۔ مذہب بدلنے والی۔۔۔۔۔ پھر ہم نے ایک دوسرے سے کوئی رابطہ نہیں رکھا۔۔۔۔۔ دو ماہ بعد ہی اس نے ایک انتہائی آوارہ، عیاش مگر رومن کیتھولک لڑکے سے اپنے والدین کی خواہش کے مطابق شادی کرلی۔ اس کی بہن اکثر مجھے فون کرتی، روتی، فریاد کرتی کہ احسن خدا کے لئے ٹیسی کو سمجھاؤ۔ اس قدر پینے لگی ہے کہ اسے اپنا ہوش ہی نہیں رہتا۔ مگر ٹیسی سے بات نہ ہوتی۔۔۔۔۔ پھر صبیا۔۔۔۔۔

ایک روز وہ اپنے شوہر کو لے کر اپنا شہر چھوڑ گئی ــــ بغیر اپنا پتہ نشان بتلائے تعلیم چھوڑ دی نوکری چھوڑ دی ــــ ماں باپ کو چھوڑ دیا ــــ بہن بھائی شہر سب کو چھوڑ دیا ــــ پھر ابھی چار مہینے پہلے کی بات ہے ــــ اپریل کا مہینہ تھا شاید ــــ ایک روز میرے دفتر میں نیوجرسی سے فون آیا ــــ وہاں کے کسی ہسپتال کے ڈاکٹر کا فون تھا ــــ اس نے بتایا کہ ٹیسی نام کی ایک لڑکی گاڑی کے حادثے میں شدید زخمی ہو کر آئی ہے اور اس کی ڈائری میں آپ کا نام اور فون نمبر لکھا تھا ــــ میں نے بغیر مزید کچھ سنے فون بند کر دیا۔

اور بدحواس ایئرپورٹ پہنچ گیا ــــ اور جب میں ڈاکٹر کے بتائے ہوتے ہسپتال میں پہنچا تو ــــ ٹیسی مر چکی تھی! ــــ وہ دنیا کے ہر رشتہ اور مذہب سے آزاد ہو چکی تھی ــــ احسن کی نم آواز خاموش ہو گئی۔

"احسن ــــ کیا محبت کرنے والے اس طرح مر جاتے ہیں؟" مجھے اپنی آواز بہت دور سے آتی ہوئی معلوم ہوئی۔

"نہیں صہبا ــــ محبت کرنے والے میری طرح بھی مرتے ہیں لمحہ لمحہ ــــ میری طرح پگھلتے ہیں ــــ بوند بوند!" ــــ اور میرا ہنستا کھلکھلاتا بہادر بھائی ایک دم ہی سسک پڑا ــــ!!!

اسلام آباد ۱۹۸۵ء

گرہن

بابا ـــــ آپ بالکل آرام نہیں کرتے ـــــ سارا دن لکھا کرتے ہیں اور شام میں عائشہ کو لے کر گھمانے چلے جاتے ہیں! ـــــ اگر یہی کرنا تھا تو پاکستان ہی میں رہتے! ـــــ بیٹی کی پیار بھری تنبیہہ پر میں زور سے ہنس دیا۔

"بیٹا ـــــ جس شخص نے چالیس برس تک دن اور رات کاغذ قلم سے ناطہ جوڑے رکھا بھلا وہ اپنی عادتیں یک لخت کیسے بدل سکتا ہے؟" ـــــ میں نے اُسے سمجھاتے ہوئے کہا۔

"پاکستان میں آپ جو چاہے کیجئے ـــــ مگر یہاں نہیں چلے گا یہ لکھنا وکھنا ـــــ بس آرام کیجئے!" ـــــ اس نے میرے ہاتھ سے قلم لے کر ایک طرف رکھتے ہوئے کہا۔

"اچھا بھئی ـــــ بالکل نہیں لکھوں گا مگر یہ خط تو پورا کر لینے دو" ـــــ میں نے کہتے ہوئے قلم اٹھا لیا۔

"بابا! آپ نہیں مانیں گے!" ـــــ اس کی آواز میں احتجاج تھا۔

"کہہ تو دیا کہ یہ خط پورا کر لوں ـــــ بہت ضروری ہے ـــ پھر نہیں لکھوں گا۔"

میری آواز میں پدرانہ سنجیدگی آ گئی تھی ـــــ وہ زور سے ہنس پڑی۔

"ٹھیک ہے ـــــ میں کھانا پکانے جا رہی ہوں جب تک آپ یہ خط مکمل کر لیجئے"

یہ کہتی ہوئی وہ میرے کمرے سے نکل گئی اور میں نے اطمینان کا سانس لیا۔

مجھے ڈلاس آئے ہوئے تقریباً ایک ماہ ہوچکا تھا ـــــ آیا تو میں یہاں آرام کی خاطر تھا مگر سچی بات یہ ہے کہ یہاں آکر خود کو مقید سمجھنے لگا تھا ـــــ واقعی اگر یہ قلم کاغذ نہ ہوتا تو میں پاگل ہوچکا ہوتا ـــــ دو ماہ قبل اچانک ہی نہ جانے کیسے دل کا عارضہ ہوگیا۔ شاید اندرونی دکھ کے اظہار کی یہ ایک شکل تھی ۔ جب سے میری چہیتی بیوی اللہ کو پیاری ہوئی تھی نہ جانے زندگی بالکل بے کار سی کیوں ہوگئی تھی۔ اس کی موت کے بعد میں اپنے آپ کو لاوارث سمجھنے لگا تھا ـــــ مرد کی نفسیات بھی عجیب ہوتی ہے خصوصاً بوڑھے مرد کی ـــــ باوجود اس کے کہ میں صبح سے شام تک اخبار کے دفتر میں رہتا تھا مگر ایک خالی پن کا احساس زندگی پر چھا گیا تھا۔ جب تک وہ زندہ رہی بے اپنی اکلوتی لاڈلی بیٹی کی دوری کا بھی احساس نہ تھا ـــــ مگر اس کی موت نے اچانک ہی بہت سے بھولے ہوئے رشتے یاد دلادیئے تھے۔ اور جب میری بیٹی کو میری بیماری کی اطلاع ملی تو وہ دوڑی ہوئی میرے پاس چلی آئی اور اس وقت اس کی ضد پر آج یہاں موجود ہوں۔ بیٹی کے اس وقت کے عمل نے مجھے شدت سے اپنی بیوی کی یاد دلادی تھی وہ بھی تو بالکل اسی کی طرح میرے زیادہ لکھنے لکھانے پر ناراض ہوا کرتی تھی اور جب میں مصنوعی سنجیدگی طاری کرلیتی تو بالکل اسی طرح زور سے کھلکھلا کر ہنس پڑتی۔ میں یہ بھی جانتا ہوں کہ اپنی ہم چشموں میں بیٹھ کر کس فخر سے کہا کرتی تھی:

”میرے شوہر تو صحافی ہیں !“

میں نے ایک روز اس سے کہا:

”زینب ـــــ یہ صحافی ہونا کمال کی بات نہیں ہے بلکہ اللہ تعالیٰ جس کو دنیا میں سزا دینا چاہتے ہیں۔ اس کی تقدیر میں صحافت کا پیشہ لکھ دیتے ہیں“ ـــــ اور وہ حسبِ عادت زور سے ہنس پڑی تھی ۔

”تو اس کا تو مطلب یہ ہوا کہ سب سے بڑے صحافی تو اللہ میاں ہوتے نا ـــــ جو لکھنے لکھانے کا کام کرتے ہیں ـــــ اس لیے ہمیں دین دنیا کی خبر دی اور آپ لوگ دین دنیا

کے مسائل کی خبر دیتے ہیں!" ـــــ اور میں اس کی عقل مندی پر عش عش کر اٹھا۔ ایک روز نہ جانے کس بات پر ایڈیٹر سے میرا جھگڑا ہو گیا اور فیصلہ کر لیا کہ صحافت کی حماقت چھوڑ کر کہیں نوکری کروں گا۔ جب زینب کو پتہ چلا تو کچھ دیر تو سوچتی رہی پھر بولی۔" شاہد ـــ آپ بھی کیسی باتیں کرتے ہیں ـــ دیکھئے تو آپ کا پیشہ کس قدر الوہی ـــ کتنا مقدس ہے ـــ ہمارے مذہب کی تو شروعات اسی سے ہوئی پھر صحیفے تو آسمانی تحریریں تھیں ـــ ہر آدمی ان کا اہل ہوتا بھی نہیں اور اب اتنے برس آزادی کی زندگی گزارنے کے بعد جی حضوری آپ کر سکیں گے؟؟ ـــ

اور اس کی لاجواب دلیل سن کر میں سوچ میں پڑ گیا کہ یہ کہتی تو سچ ہی ہے بھلا اب میں کس کام کے لائق رہ گیا تھا! ـــ حقیقت تو یہ ہے کہ اس جنونی کام میں سکون بخشنے والی ـــ ہمت دلانے والی زینب ہی تھی ـــ پھر چند برس قبل جب میں نے اپنا اخبار نکالا تو آدھے سے زیادہ کام اس نے سنبھال لیا تھا۔

" بابا ـــ آپ ابھی تک لکھ رہے ہیں ؟ ـــ رابعہ کی آواز سن کر میں چونک پڑا۔ وہ شاید اپنا کام نمٹا چکی تھی۔

" ایں ـــ نہیں تو ـــ بس پتہ نہیں کیوں آج تمہاری امی کی یاد شدت سے آ گئی!" ـــ میں نے ایک طویل سانس لیتے ہوئے کہا۔ وہ میرے پاس آ کر بیٹھ گئی اور میرے اخبار کے بارے میں باتیں کرنے لگی ـــ کتنی عقل مند ہے میری بیٹی ـــ بالکل اپنی ماں کی طرح ـــ کوئی بوجھ بھی تو ذہن پر رہنے نہیں دیتی!

" نانا ـــ باہر چلو ناں!" ـــ میری نواسی عائشہ بہت دیر سے ضد کئے جا رہی تھی اور میں اسے بہلائے جا رہا تھا کہ بس ابھی دو منٹ میں چلتے ہیں ـــ آج صبح ہی یہاں کے اخبار میں ایک خبر پڑھی تھی اس پر کالم لکھ رہا تھا۔

" عائشہ ـــ بیٹے ادھر آ جاؤ ـــ نانا کو پریشان مت کرو!" ـــ میرے داماد نے دروازے سے بیٹی کو پکارا۔

"ارے نہیں بیٹا ـــــ روز میرے ساتھ جاتی ہے اس کا رڈین مت توڑو !ـــــ
یہ کہہ کر قلم ایک طرف رکھ دیا اور عائشہ کے ساتھ چلنے کو تیار ہو گیا۔

"نہیں بابا ـــــ رہنے دیجئے میں لیئے جاتا ہوں !"ـــــ میرے داماد نے کہا۔

"نہیں یار !ـــــ میں بھی لکھتے لکھتے تھک چکا تھا ـــــ کوئی بہانہ ڈھونڈ رہا تھا قلم رکھنے کا ـــــ سو مل گیا !"ـــــ میں نے کہا اور عائشہ کو لے کر باہر نکل گیا۔

ہم دونوں کافی دیر گھومتے رہے ـــــ وہ اپنی توتلی زبان میں دنیا جہان کی باتیں کرتی رہی ـــــ گڑیوں کی ـــــ اپنی سہیلیوں کی ـــــ اس اسکول کی جہاں چند ماہ بعد اس کا داخلہ ہونا تھا ـــــ اور میں پوری محویت سے اس کی ٹوٹی پھوٹی گفتگو سنتا رہا۔ عائشہ چند بچوں کے ساتھ کھیلتے کھیلتے دور نکل گئی تھی ـــــ میں ایک خالی بنچ پر اپنی سوچوں میں بیٹھا تھا۔

"آپ یہاں نئے ہیں ؟ ؟"ـــــ ایک نسوانی آواز پر میں چونک کر مڑا۔ میری ہی عمر کی ایک عورت تھی ـــــ صاف ستھری ـــــ روشن آنکھوں والی ـــــ ایک بچہ گاڑی میں خوبصورت سے بچے کو لئے ہوئے۔

"جی ہاں !"ـــــ میں نے مختصراً کہا۔

"مجھے مسز روبیل کہتے ہیں !"ـــــ اس نے اپنا تعارف کرایا۔

"اور میرا نام شاہد حسین ہے !"ـــــ میں نے کہا۔ عائشہ دوڑتی ہوئی آئی اور مجھ سے لپٹ گئی۔

"نانا ـــــ گھر چلو !"ـــــ اس نے مچل کر کہا۔

"چلو !"ـــــ میں کھڑا ہو گیا۔

"مسز روبیل یہ میری نواسی ہے عائشہ ـــــ آپ کبھی میرے گھر تشریف لائیے وہ سامنے اوپر سے دوسرا فلیٹ ہے !"ـــــ میں نے فلیٹ کی طرف اشارہ کرتے ہوئے کہا۔

"بڑی پیاری بچی ہے ـــــ اچھا ـــــ میں ضرور آؤں گی !"ـــــ اس نے

عائشہ کے سر پر ہاتھ پھیرتے ہوئے محبت سے کہا اور بچہ گاڑی لئے ایک طرف چل دی۔

مسز روبیل کو میں نے اکثر پارک میں دیکھا تھا —— مگر کبھی اس کے بارے میں خیال تک نہ آیا —— آج جانے کیوں اس کے بارے میں تجسس پیدا ہوا کہ کون ہے؟ کہاں سے آئی ہے؟ کہاں جاتی ہے؟ — بچہ گاڑی میں پڑے خوبصورت اور توانا بچے سے اس کا کیا رشتہ ہے؟ — مگر پھر کئی روز تک وہ نظر نہیں آئی۔

بدھ کا دن تھا —— رابعہ عائشہ کو لے کر بازار گئی ہوئی تھی اور میں پاکستان سے آئے ہوئے اخبارات کا مطالعہ کر رہا تھا۔ گھنٹی بجی —— یہ سوچ کر کہ میری بیٹی بازار سے آگئی ہوگی۔ اٹھ کر دروازہ کھولنے چلا گیا —— سامنے مسز روبیل کھڑی تھی۔

"ہیلو!" —— اس نے مسکرا کر کہا۔

"ہیلو —— تشریف لائیے!" میں نے ایک طرف راہ دیتے ہوئے کہا۔

"آپ اکیلے ہی رہتے ہیں؟" —— اس نے کمرے پر طائرانہ نظریں ڈالتے ہوئے پوچھا۔

"ہاں فی الحال تو اکیلا ہوں —— میں نے صوفے کی طرف بیٹھنے کا اشارہ کرتے ہوئے کہا۔

"آپ یہاں قریب ہی رہتی ہیں؟" —— میں نے ایک طرف بیٹھتے ہوئے پوچھا۔

"نہیں —— میں تو یہاں سے کافی دور رہتی ہوں —— بس ہفتہ میں ایک بار ادھر آتی ہوں!" —— اس نے اپنے سلیقہ سے سنورے ہوئے کھچڑی بالوں پر ہاتھ پھیرتے ہوئے بتایا۔

"اچھا! —— چائے پیجئے گا یا کافی؟" —— میں نے پوچھا۔

"ارے تکلف نہ کیجئے —— اس روز چونکہ میں نے آپ سے کہہ دیا تھا اس لئے آگئی ہوں —— ویسے بھی اس عمر میں آدمی کے پاس کرنے کو کچھ رہتا نہیں ہے ——

مجھے ہی دیکھئے ـــــ بدھ کے انتظار میں پورے سات دن گزارتی، ورنہ میرے گھر میں ہے کون بس دو کمرے، ایک خاموش گیلری اور میں!" اس نے طویل سانس لیتے ہوئے کہا۔

"ہاں واقعی ـــــ بڑھاپے میں آدمی بالکل تنہا رہ جاتا ہے ـــــ لیکن خود کو اگر کسی کام میں لگالے تو وقت گزر ہی جاتا ہے !" ـــــ میں نے کہا۔

"آپ بھی یقیناً ریٹائرڈ زندگی گزار رہے ہیں ؟" ـــــ اس نے میری طرف دیکھتے ہوئے پوچھا۔

"ارے نہیں ـــــ اخبار والے مرتے دم تک ریٹائر نہیں ہوتے !" ـــــ میں نے ہنس کر کہا۔

"اوہ آپ صحافی ہیں ؟ ـــــ بہت عمدہ ! ـــــ بڑا باعزت پیشہ ہے !" ـــــ اس کے لہجہ میں خوشی تھی۔

"جی ہاں ـــــ عمدہ بھی اور بہت تھکا دینے والا بھی !" ـــــ میں نے کہا۔

"زندگی کے لئے تھکن بہت ضروری ہے ـــــ بلکہ زندگی کو جینا ہے تو تھکنا لازمی جز ہے ! اب میرے پاس کوئی کام نہیں اس لئے زندگی خالی خالی سی لگتی ہے!"۔ اس کی آواز میں مجھے درد کی ہلکی سی لہر کا احساس ہوا۔

"تو ہر بدھ کو آپ اپنے گھر سے یہاں کیا کرنے آتی ہیں ؟!" ـــــ میرا تجسس جاگ اٹھا۔

"او ـــــ وہ ! ـــــ بس وہی تو ایک کام ہے جس کی وجہ سے زندگی میں کچھ ہلچل ہو جاتی ہے ـــــ میں یہاں ہر بدھ کو بے بی سٹنگ کے لئے آتی ہوں ایک روز کا معاوضہ بیس ڈالر لیتی ہوں !" ـــــ اس نے بتایا۔

"اوہ ـــــ اچ ـــــ چھا ! ـــــ جانے کیوں مجھے اس کی اس بات پر حیرت کے ساتھ ترس بھی آگیا۔

"اور کیا ـــــ اچھا آپ بتائیے کہ آپ کس اخبار میں ہیں ـــــ کس قسم کا اخبار ہے ؟ ـــــ کہاں سے نکلتا ہے ؟ ـــــ اس کے لہجہ میں چند لمحوں پہلے کی اداسی

کی جگہ دلچسپی نے لے لی تھی۔

"میرا اخبار تو پاکستان میں ہے اور وہیں رہتا ہوں ـــــ ادھر تقریباً ایک ڈیڑھ ماہ سے اپنی بیٹی کے ہاں آیا ہوا ہوں!" ـــ میں نے بتایا۔

"اوہ ـــ تو یہ آپ کی بیٹی کا گھر ہے؟" ـــ اس کی آواز میں اب کوئی تاثر نہ تھا۔

"ہاں ـــ وہ ذرا بازار تک گئی ہوئی ہے ـــ بہت ممکن ہے آپ کے جانے سے پہلے آجائے تو آپ سے بھی ملاقات ہو جائے گی!" ـــ میں نے کہا ـــ وہ چند لمحے مجھے غور سے دیکھتی رہی ـــ اس کی روشن آنکھوں میں دھند سی اُتر آئی تھی۔ چہرے پر اداسی پھیل گئی تھی۔

"اچھا ـــ آپ پاکستان سے آئے ہیں ـــ اچھا ـــ بیٹی کے گھر ـــ تو...... تو...... وہ آپ کو کتنے ڈالر فی یوم کے حساب سے دیتی ہے؟؟؟

اسلام آباد ۱۹۸۶ء

زنجیریں

"مونا ـــ تیار ہو گئی ہو؟" ـــ میں اس آواز پر چونک پڑی۔

"ہاں ـــ آرہی ہوں۔ تم چلو" ـــ میں نے دروازے پر کھڑے مینجر سے کہا اور کھلی کھڑکی سے ایک بار پھر شانزے لیزے کی بے فکر شام میں گم ہو گئی۔

عجیب علاقہ تھا یہ! سورج ڈھلتے ہی یوں محسوس ہوتا تھا کہ دنیا کی تمام مسرتیں، قہقہے، خوشیاں، بے فکری، انسانوں کے روپ میں یہاں ہمکنے لگتی تھیں ـــ میں اکثر سوچتی کہ میں تو اس علاقے کا حصہ ہوں لیکن یہ خوشیاں میرا حصہ کیوں نہیں؟ ـــ یہ شام میری زندگی میں کیوں نہیں اترتی؟ ـــ اپنی اکتیس سالہ زندگی میں جب سے ہوش سنبھالا ہے، دن تھکاتے رہے اور راتیں پابند کرتی رہیں۔ میری اپنی مرضی کیا ہے؟ ـــ خواہشات کیسی ہیں؟ ان سب باتوں کے لیے مجھے کبھی وقت نہیں ملا۔

"کیا بات ہے۔ کوئی پریشانی؟" مینجر کی آواز مجھے ایک بار پھر ہوش کی دنیا میں لے آئی تھی۔

"نہیں ـــ یہی سوچ رہی تھی کہ باہر کی اس مستی، اس بے فکری میں میرا حصہ کیوں نہیں ہے؟" ـــ میں نے آہستہ سے کہا۔

'سارا دن تمہارا اپنا ہوتا ہے ۔۔۔ بس رات کے چند گھنٹے ہی تو کام ہوتا ہے' ۔۔۔ مینجر نے مسکراتے ہوئے کہا۔

'ہوں ۔۔۔ تم ٹھیک کہتے ہو!' ۔۔۔ میں نے کہا اور کھڑکی بند کر دی۔ اس کے ساتھ ہی فرانس کے اس بارونق علاقے کی رونقیں بھی بند ہو گئیں اور میں کمرے سے نکل کر شراب خانے کے ہال کی طرف چل دی ۔۔۔ جہاں میرا انتظار ہو رہا تھا ۔۔۔ میں پیدائشی طور پر رقاصہ ہوں اور رقص کے دائروں میں ہی آنکھ کھولی۔

پچھلے بیس برسوں سے ناچتی چلی آ رہی ہوں۔ لوگ تو کہتے ہیں کہ عورت چاہے تو ساری دنیا کو اپنی انگلیوں پر نچا دے مگر وہ نہ جانے کون سی عورتیں ہوں گی؟ میں تو باوجود چاہنے کے ایسا نہ کر سکی بلکہ ردِعمل یہ ہوا کہ میں مقررہ گھنٹوں کے علاوہ پوری پوری رات ناچتی اور پھر تھک کر کسی کی باہوں میں گر کر سو جاتی۔ اس روز بھی شبینہ رقص کے پہلے راؤنڈ کے بعد لوگوں کے شور میں ہنستی، کھلکھلاتی میزوں کے گرد بیٹھے افراد کی طرف بڑھی۔ ہر ایک کی خواہش تھی کہ میں اس کے پاس چند لمحوں کے لیے بیٹھ جاؤں اور میں مسکراتی ہوئی کبھی ایک میز کے پاس رک جاتی اور غور سے چند لمحے اپنے سامنے بیٹھے ہوئے مرد کو دیکھتی جس کی آنکھیں ابلتے جذبے سے چمکنے لگتیں پھر اس کو مایوس کر کے دوسری میز کی طرف چلی جاتی۔ مجھے اس کھیل میں بڑا مزا آتا تھا۔ بے حد سکون ملتا تھا۔ کئی نوجوان خوبصورت، نوخیز، نیم عریاں لڑکیوں کے ساتھ آتے تھے۔ جو دنیا و مافیہا سے بے خبر ایک دوسرے میں کھوئے رہتے۔ مجھے ان جوڑوں پر بے حد پیار آتا اور نہ جانے کیوں ان کے سامنے سے میں بے حد دبے قدموں نظریں جھکا کر گزرتی۔ وہ اس وقت ایک ایسی ماورائی کیفیت سے دو چار ہوتے تھے کہ ان کو چھیڑنا ایسا ہی ہے جیسے کسی عبادت گاہ کے تقدس کو برباد کرنا! تب ۔ ۔ ۔ ۔ اچانک میری نظر کونے کی میز پر پڑی جہاں ایک سانولا سلونا نوجوان تنہا بیٹھا شراب پیے جا رہا تھا۔ اس کی آنکھیں جھکی ہوئی تھیں۔ میں نے ایک نظر اسے بغور دیکھا اور قدم بڑھائے کہ اچانک دوسرے راؤنڈ کے ساز بجنے لگے۔ دورانِ رقص بھی

میں اس نوجوان کو دیکھتی رہی۔ وہ بالکل اسی طرح اسی انداز میں بیٹھا تھا۔ یہ میری انا پر گہری ضرب تھی۔ ایک چیلنج تھا میرے لیے..... سینکڑوں نظریں میرے دل کش جسم کے نشیب وفراز کو خراجِ تحسین پیش کر رہی تھیں مگر وہ احمق نوجوان..... جیسے اسے کسی چیز کا احساس تک نہ تھا۔

دوسرا راؤنڈ ختم ہوتے ہی میں تیر کی طرح اس کی میز کی طرف بڑھی اور کرسی گھسیٹ کر بیٹھ گئی۔ اس نے چونک کر سر اٹھایا۔ خالی خالی نظروں اور بے تاثر چہرہ لیے میری طرف دیکھتا رہا پھر غنودہ آواز میں بولا:

"آپ بغیر پوچھے کیوں بیٹھ گئی ہیں؟"

میں اس کا سوال سن کر تلملا گئی مگر بظاہر مسکرا کر بولی: "کیوں۔ کیا آپ کو ناگوار گزرا؟"

"قطعی نہیں ___ میں تو یورپ کی تہذیب کو دیکھ رہا تھا۔" اس نے بھرپور وار کیا۔

"تم کہاں کے ہو؟" میرے جملے میں شعلے کی لپک تھی۔

"پاکستانی!" اس نے مختصراً کہا۔

"ہا، ہا..... پاکستانی؟ اور اس قدر ٹھنڈے۔" میں نے زور کا قہقہہ لگایا۔

"میں سمجھا نہیں؟" اس نے بوتل کے بچے کھچے قطرے گلاس میں انڈیلتے ہوئے کہا۔

"میرا واسطہ بہت سے پاکستانیوں سے پڑ چکا ہے۔ وہ تو محض ایک بوسے، میری ایک نظرِ کرم کی خاطر رات بھر میرے کمرے کے سامنے بیٹھے رہتے تھے۔" میں نے اسے تلخ حقیقت بتائی۔

"نہیں، تم کو غلط فہمی ہوئی ہے۔ وہ پاکستانی نہیں ہوں گے۔" اس کے لہجے میں یقین تھا۔

اب سازوں کے سُر بدل چکے تھے۔ مختلف جوڑے اٹھ اٹھ کر رقص کے لیے جمع ہونا شروع ہو گئے تھے۔ اس قدر چیخ دھاڑ مچی ہوئی تھی کہ کان پڑی آواز سنائی نہیں دے رہی تھی۔

"چلو، تم رقص نہیں کرو گے؟" میں نے اسے دعوت دیتے ہوئے ہاتھ بڑھایا مگر وہ بے حس

بیٹھا رہا۔

"چلو۔" میں نے اصرار کیا۔

"نہیں ۔۔۔ میں عورت کے تقدس کو پامال نہیں کر سکتا۔" اس نے ایک جھلتی نظر میرے اوپر ڈالتے ہوئے کہا۔

"کیا مطلب؟ ۔۔۔" میرے ذہن کو ایک زبردست جھٹکا لگا۔

"مطلب یہ کہ میں اپنی ذات ۔ ۔ ۔ ۔ ۔ اپنے وجود تک تو برائیوں کی پہنچ کو جائز سمجھتا ہوں مگر کسی عورت تک اپنی برائیاں نہیں پہنچانا چاہتا۔" اس نے سنجیدہ لہجے میں کہا۔

"تو پھر تو تمہیں کسی کلیسا میں پادری ہونا چاہیے تھا۔ یہاں کیا کرنے آگئے؟" میں نے تلخ لہجے میں بظاہر مسکرا کر کہا۔

"ہر انسان میں ایک پادری پوشیدہ ہوتا ہے اور ہر پادری میں ایک انسان۔ اگر تم پادری اور انسان کو اچھائی اور برائی کا نشان سمجھتی ہو تو۔" اس نے حسبِ معمول اسی سنجیدہ آواز میں کہا۔

مجھے حیرت ہو رہی تھی کہ شراب جیسی طاقت ور چیز بھی اسے میری طرف مائل نہیں کر پا رہی تھی۔

وہ ساری رات میں نے تنہا ہی اپنے کمرے میں گزاری۔ کتنے بے قرار لوگ میری طرف لپکے مگر میں نے ہر ایک کی پیش کش کو رد کر دیا۔ نہ جانے کیوں پہلی بار میں عجیب سے احساسات سے دوچار ہوئی تھی اور اسی رات شاید اپنی یاد میں پہلی بار جی کھول کر روئی۔ اپنی توہین پر نہیں، اپنی بے خانمائی پر، اپنی بے بسی پر، اپنی زندگی پر۔ اگلی شب کی اس میں میں پوری رات نہیں سوئی۔

دوسری رات میں اس سج دھج سے سے خلانے میں داخل ہوئی کہ دیکھنے والوں کی چیخیں نکل گئیں۔ اس رات میں نے ایسا ہیجان انگیز رقص کیا کہ بیٹھے ہوئے لوگوں کو سکتہ ہو گیا۔ میری نظریں بھٹک بھٹک کر اسی میز پر جا رہی تھیں جہاں کل شب وہ نوجوان بیٹھا تھا جس نے فقط چند لمحوں میں میرے جذبات کو یکسر تبدیل کر دیا تھا۔

چار روز گزر گئے مگر اس کو نہ آنا تھا نہ آیا۔ ہونہہ! ہوگا کوئی سیر و تفریح کا رسیا۔ ایسے ہی ادھر نکل آیا ہوگا۔ میں نے دل کو جھنجھلا کر تسلی دی اور پھر بظاہر معمولات میں لگ گئی۔ میں ناچتی رہی۔ قہقہے لگاتی رہی۔ اٹھکیلیاں کرتی رہی۔ لوگوں کے دل لبھاتی رہی مگر ایک خلش سی تھی۔ ایک پھانس سی جیسے کہیں اٹک گئی تھی۔

اور پھر ـــــ اتوار کی شب جیسے مجھے سکتہ ہوگیا۔ میں کھل اٹھی۔ وہ اپنی مخصوص میز پر بیٹھا سر جھکائے شراب پی رہا تھا۔ میں لپک کر اس کے پاس گئی۔

'تم ایک ہفتے سے کہاں تھے؟' میں نے بے چینی اور خوشی سے پوچھا۔

'کیوں؟ کیا میرا انتظار کر رہی تھیں؟' اس نے اپنی گھنی پلکوں کو اٹھاتے ہوئے بے جذبہ لہجے میں پوچھا۔

'ہاں' میں اس کے قریب بیٹھتی ہوئی بولی۔

'مجھے دکھ ہوا سن کر۔' اس نے چھت پر لگے مدھم بلب کو گھورتے ہوئے کہا اور ایک لمحہ کو جیسے میری روح تک سرشار ہوگئی۔

'واقعی؟' میں نے خوشی سے بھرپور لہجے میں پوچھا۔

'ہاں! تمہاری زندگی کس قدر اذیت ناک ہے جس میں فقط انتظار ہی انتظار ہے اور بس۔' وہ آہستہ سے بولا۔

میں جیسے بجھ سی گئی۔

ساز بجنے شروع ہوگئے تھے۔ میں مرے مرے قدموں سے رقص کے لیے اٹھ گئی۔ پھر تین راؤنڈ تک اس کے پاس نہیں آئی۔ اس لیے نہیں کہ میں ہار چکی تھی۔ مجھ میں ہمت نہ تھی بلکہ اب میں وہ حربہ آزما رہی تھی جو ازل سے عورت آزماتی چلی آئی ہے یعنی مرد سے کھینچنے کا۔ . . . تاکہ وہ قدموں میں لوٹنے لگے اور میری تو اب فطرت ہی یہی بن چکی تھی۔

سپیدۂ سحر نمودار ہونے کو تھا۔ میں رقص کرتے کرتے تھک کر شل ہو چکی تھی۔ میں نے خود کو

اس نوادر دہلک پہنچنے سے کس مشکل سے روکا تھا یہ میرا ہی دل جانتا ہے مگر وہ تو نہ جانے کب کا اٹھ کر جا چکا تھا اور پھر وہ مجھے نظر نہ آیا۔

کئی ہفتوں بعد۔۔۔۔۔

ایک روز میں ایک دکان سے مسکن دوائیں خریدنے گئی تو وہ مجھے نظر آیا۔ وہ اسی دکان پر کھڑا تھا۔ دن کی روشنی میں وہ زیادہ حسین، زیادہ وجیہ اور زیادہ قد آور لگ رہا تھا۔

"سنو!۔۔۔" میں نے پکارا۔

"ہاں مادام!۔۔۔" وہ ایک دم مڑا اور ٹھٹک سا گیا۔ "کہیے کیا چاہیے؟" اس نے معمول پر آتے ہوئے پوچھا۔

"تم اس دکان پر کام کرتے ہو؟۔۔۔" میں نے پوچھا۔

"نہیں۔ میرے دوست کی ہے۔ وہ کسی کام سے گیا ہوا ہے مگر۔۔۔ مگر آپ یہ کیوں پوچھ رہی ہیں"۔ اس نے مسکراتے ہوئے کہا۔

"تم! تم شاید مجھے پہچانتے نہیں"۔ میرے وجود سے دکھ کراہا۔

"ن۔۔۔۔۔ نہیں۔۔۔۔۔ ہاں۔۔۔۔۔ شاید۔۔۔۔۔ کہیں دیکھا تو ہے"۔ وہ بغور میری طرف دیکھتے ہوئے کچھ یاد کرنے کی کوشش کرتے ہوئے بولا۔

پھر جب میں نے اسے بتایا تو ایک لمحہ کو وہ حیران سا ہو گیا۔

"عجیب بات ہے، رات اور دن میں کس قدر فرق ہے۔ دن کی روشنی نے تو آپ کو شریف عورت بنا دیا ہے"۔

اس کے جملے نے تازیانے کا کام کیا تھا۔

"کیا مطلب ہے تمہارا؟ میں تمہیں آوارہ نظر آتی ہوں؟" میں نے تڑپ کر پوچھا۔

"بے شک۔ جو عورت ہر رات سینکڑوں جنسی مردوں کو اپنے جسم کے نشیب و فراز سے بہلاتی ہے وہ بھلا شریف ہو سکتی ہے؟" اس نے کہا اور میں جل کر رہ گئی۔ یہ مشرق کا گھٹیا ذہن کا مرد۔

"کمال ہے تم اسے آوارگی کہتے ہو؟ یہ تو ایک فن ہے ..... اور یہ ہر ایک کے بس کا روگ نہیں۔" میں نے بڑی مشکل سے اپنے آپ پہ قابو پاتے ہوئے کہا۔

"ہاں. آپ ٹھیک کہہ رہی ہیں۔ یہ ہر ایک کے بس کا روگ نہیں۔" اس نے گھرے لہجے میں کہا۔

"کیوں. کیا تمہارے ملک میں رقاصائیں نہیں ہوتیں؟" میں نے جل کر پوچھا۔

"ہاں، ہوتی کیوں نہیں مگر ان کی اداؤں میں تم لوگوں جیسی آوارگی اور بے باکی نہیں ہوتی۔" اس نے منہ بنا کر کہا۔

وہ اپنے ملک کی ہر چیز، ہر بُری چیز میں بھی اچھائی کا پہلو نکال رہا تھا۔

"تم مشرقی سب کمینے ہوتے ہو۔ سب ایک ہی ذہن کے"، میں چیخ پڑی۔ برداشت کی بھی ایک حد ہوتی ہے۔ وہ ہولے سے مسکرایا جیسے کسی بچے نے انتہائی احمقانہ سی بات کہہ دی ہو۔

"جب ہی تو تمہیں وہ سارے مرد یاد ہیں جو تمہارے ایک بوسے، ایک نظرِ کرم کے انتظار میں پوری پوری رات تمہارے کمرے کے سامنے گزار دیتے تھے، اس لیے ..... اس لیے تم ہر رات میرا انتظار کرتی تھیں، کیوں؟" وہ اسی لہجے میں ہلکے سے مسکراتا ہوا بولا اور میں پیر پٹختی بغیر دوا لیے باہر نکل آئی۔

مارے غصے کے میری بری حالت ہو رہی تھی۔ میں کس طرح اپنی گاڑی تک پہنچی۔ یہ میرا ہی دل جانتا تھا۔

رات اپنے شباب پر تھی۔ مے خانے کی رنگینی اپنے عروج پہ مگر نہ جانے کیوں میں بجھی بجھی سی تھی۔ آج غیر اختیاری طور پر نا چنے میں بہت احتیاط سے کام لیا اور وہ لباس زیب تن کیا جو اب فرانس میں متروک ہو چکا ہے۔ لوگ تو اسے فینسی ڈریس سمجھتے تھے۔ خود میرے مینجر نے بہت کہا مگر میں نہ مانی۔ اس رات میں نے ایک بہت پرانا دھیمے سروں پہ رقص کیا۔ لوگ مبہوت ہو کر دیکھتے رہے عجیب بات یہ ہے کہ لوگوں نے میرے رقص کو بہت سراہا۔

'مادموزیل! آپ ہر رات اسی لباس میں رقص کیا کریں'۔ ایک نوجوان امیرزادے نے میرے گالوں پر بھرپور بوسہ دیتے ہوئے شناسائی لہجے میں کہا اور نہ جانے کیوں پہلی بار مجھے اپنے اس آشنا سے کراہیت کا احساس ہوا۔

'ضرور، آپ کی خواہش کیسے رد کر سکتی ہوں'، میں نے اس کے ہونٹ اپنی انگلیوں سے چھوتے ہوئے کہا۔

میں اس کی گرفت سے آزاد ہوئی تو چونک پڑی۔ وہ سامنے ہی بیٹھا ایک ٹک میری طرف دیکھے جا رہا تھا۔ کمال ہے، اتنی دیر تک میں رقص کرتی رہی مگر اس پر نظر نہیں پڑی۔ میں نے حیرت سے سوچا۔ نہ جانے کیوں میں دوبارہ اسی امیرزادے کے ہاتھوں میں ہاتھ ڈالے اس کی میز کی طرف بڑھ گئی اور مسکرا مسکرا کر اس امیرزادے سے باتیں کرنے لگی۔ اسے گلاس میں انڈیل انڈیل کر شراب پیش کرتی رہی۔ وہ بھی بے حد خوش تھا۔ پورے مے خانے میں اس قدر اہمیت میں کسی کو دے دوں تو اس کی خوشی کا اندازہ سوائے میرے کون کر سکتا ہے۔ 'آہ! یہ مرد ذات۔ عورت کے اشارۂ ابرو پر سنڈاس تک لوٹا دے، مگر۔۔۔۔ مگر۔۔۔۔ وہ کیسا مرد تھا؟ میرا ذہن پلٹ پلٹ کر مشرقی نوجوان کی طرف جاتا۔ میری نگاہیں بھٹک بھٹک کر اس کی نظروں سے الجھ جاتیں۔ جواب میں کبھی کبھی وہ میری طرف دیکھتا اور پھر شراب میں غرق ہو جاتا۔

'مادموزیل! لوگ شبینہ رقص کے منتظر ہیں، چل کر یہ لباس تبدیل کر لیجیے'۔ میرے مجلائے ہوئے مینیجر نے جانے کس طرح خود پر قابو پا کر بڑی نرمی سے کہا۔

'معاف کیجیے گا موسیو! اب میں موسیو آندرے کی خواہش کے مطابق اسی لباس میں رقص کیا کروں گی'۔ میں نے بولے سے مسکرا کر مینیجر سے کہا۔

'مگر آپ کو اور لوگوں کی خواہش کا بھی تو خیال کرنا چاہیے جو۔۔۔۔۔'

'موسیو، کیا میری خواہش کوئی اہمیت نہیں رکھتی'۔ آندرے کی مردانگی کے لیے مینیجر کا جملہ چیلنج تھا۔

"ن..... نہیں..... یہ بات نہیں لیکن..... مادموزیل صرف آپ کے لیے ہی تو رقص نہیں کرتیں۔ اس طرح تو پھر ایک دن یہ مے خانہ ویران ہو جائے گا" مینیجر نے ہلکی سی مسکراہٹ سے کڑوے لہجے میں کہا۔

"ٹھیک ہے۔ آئندہ میں یہاں قدم بھی نہیں رکھوں گا!" آندرے کھڑے ہو کر چیخا اور ساتھ میں ساز بھی بڑی تیز دھن میں چیخ پڑے۔

"موسیو آندرے! ہمارے ہاں سے لوگ ناراض ہو کر نہیں جاتے۔ ابھی کچھ دیر تو اور بیٹھیے" بار کا مالک جو حالات کا اندازہ کر چکا تھا، قریب آ کر آندرے کے کاندھے پر ہاتھ رکھتے ہوئے دوستانہ لہجے میں بولا اور آندرے جیسے پلٹ پڑا!

"آپ..... آپ..... اپنے مینیجر کو سمجھا لیجیے اب میں اتنا گیا گزرا بھی نہیں کہ میری معمولی سی خواہش کو اس طرح سے رد کر دیا جائے۔ میں اس جیسی دس عورتوں کو اپنے اشارے پر بلا سکتا ہوں"۔

وہ میری طرف پلٹ پڑا اور میں جو فتح کے نشے میں چور تھی، بالکل بے دم سی ہو کر کرسی پہ گر پڑی۔

پھر آندرے وہاں رکا نہیں، تیز قدموں سے نکلتا چلا گیا۔ میرا مینیجر اور بار کا مالک اس کی طرف لپکے مگر وہ واپس نہ آیا۔

"کیوں! میں نہ کہتا تھا تم شریف عورت نہیں۔ شریف عورتوں کے لیے تو مرد جان کی بازی لگا دیتے ہیں اور وہ تو تم کو ایسے چھوڑ گیا جیسے..... جیسے..... بلکہ جو تمہاری حقیقت ہے" مشرقی نوجوان میری میز پہ آ چکا تھا اس کے چہرے پر تمسخرانہ مسکراہٹ پھیلی ہوئی تھی۔ میں نے سر اٹھا کر اسے دیکھا جس کی بدولت آج میری یہ گت بنی تھی۔

"اوہ خوب! تو تم آنسو بھی بہا لیتی ہو"۔ اس نے طنزیہ لہجے میں کہا۔

"مم..... مم..... نکل جاؤ یہاں سے"۔ میں نے بڑی مشکل سے سخت لہجے کو بنچی

آواز میں دبا کر کہا۔

"سوچ لو! اس طرح ایک ایک کو نکالتی رہیں تو یہ مے خانہ ایک دن ویران ہو جائے گا اور تم کہیں برتن دھوتی نظر آؤ گی۔ نہیں! مگر تمہارے پاس تو فن ہے۔۔۔۔ تم فن کار ہو۔ جہاں رہو گی اپنا فن بیچو گی"۔ اس نے لفظ فن پہ زور دیا۔

سازوں کے سُر یک لخت کر ور پڑ گئے تھے۔

میری حالت اس قدر بُری ہو چکی تھی کہ اس سر پھرے مشرقی نوجوان کی کسی بات کا جواب نہ دے سکتی تھی۔ میں بغیر کچھ کہے سنے اٹھ کر ڈائس کی طرف بڑھی اور اس شب مجھے نہیں معلوم کہ مے خانے پر کیا گزری کیونکہ میں راستے ہی میں گر کر بے ہوش ہو چکی تھی۔

"تم بہت کمزور دماغ کی ہو۔ آخر عورت ہو نا!" وہ مجھے ہسپتال دیکھنے آیا تھا۔ میرے سرہانے تر و تازہ پھولوں کا گلدستہ رکھتے ہوئے بولا۔

"تم، خدا کے لیے میرا پیچھا چھوڑ دو"۔ میں نے جھلا کر کہا۔

"اوہو، یہ تو انسانیت کے خلاف ہے۔ ایک نازک حسینہ بیمار پڑ جائے اور اس کی مزاج پُرسی بھی نہ کی جائے"۔ پہلی بار مسکرا کر اس نے کوئی ڈھنگ کی بات کی تھی۔

میں نے مطمئن ہو کر آنکھیں موند لیں۔

میں ہسپتال سے نکلی تو اپنی پچھلی زندگی کی تمام یادیں، تمام آسائشیں وہیں چھوڑ چکی تھی یہ پُر دیرینہ محبت کا اعجاز تھا کہ چند دنوں میں مجھ میں اتنی بڑی تبدیلی آ گئی تھی۔ محبت میں کتنی طاقت ہوتی ہے، اس کا اندازہ مجھے پہلی بار ہوا تھا۔ آج تک تو لوگ مجھ سے محبتیں کرتے رہے۔ میرے دیوانے تھے مگر پہلی بار زندگی میں یوں ہوا کہ وہی جذبہ مجھ پر غالب آ گیا اور یہ اسی جذبہ کی کرامات تھی کہ میں نے شراب خانے کو ہمیشہ کے لیے خیرباد کہہ دیا تھا اور اب مجھے اندازہ ہو رہا تھا کہ وہ تمام دِکس وجہ سے میرے پاس آتے تھے، صرف اور صرف چند لمحوں کے فرار کے لیے، سکون کے لیے، اور وہ بہت حد تک اپنے اس فعل میں حق بجانب تھے۔ فرق یہ تھا کہ ان کی محبت لمحاتی ہوتی،

جبکہ میری شایدابدی تھی۔

شام ڈھلنا شروع ہو گئی تھی۔ میں اپنے فلیٹ میں بیٹھی کشیدہ کاری کر رہی تھی، ساتھ ہی پرویز کا انتظار بھی کہ گھنٹی بجی۔ میں نے گھڑی دیکھی۔ "آج شاید وقت سے پہلے آ گیا"۔ میں نے مسکراتے ہوئے سوچا۔ کتنا خوش ہوگا مجھے اس لباس میں دیکھ کر"۔ .... میں پرویز کا ایک شلوار قمیض اٹھا لائی تھی اور اس وقت وہی پہنے ہوئے تھی۔

گھنٹی ایک بار پھر بجی۔

میں نے پُر شوق نظروں سے دروازے کو دیکھا اور خوشی سے لہراتی ہوئی دروازہ کھولنے کے لیے اٹھ کھڑی ہوئی۔ میری ساری خوشی کافور ہو گئی۔

دروازے پر میرا ایجنٹ کھڑا تھا۔

"کیوں بیٹی۔ مجھے اندر آنے کو نہیں کہو گی؟" اس کی مشفق آواز گونجی۔

"نن نہیں ..... آؤ پپا .... " میں نے کچھ ہکلاتے ہوئے کہا اور راستہ چھوڑ دیا۔

وہ تنہائی میں میرا باپ تھا اور عام لوگوں کے سامنے صرف میرا ایجنٹ۔ وہ کافی دیر تک مجھے سمجھاتا رہا کہ میں واپس چلی آؤں مگر میں تو فیصلہ کر چکی تھی۔

"پپا! خدا کے لیے مجھے مجبور مت کرو۔ تمہاری بیٹی اپنی مرضی سے زندگی گزارنا چاہتی ہے"۔ میں سسک پڑی۔

"میری بچی! میں مجبور بالکل نہیں کر رہا مگر میری ایک بات اچھی طرح ذہن نشین کر لو۔ ان مشرقیوں کا کوئی بھروسہ نہیں ہوتا۔ یہ اپنی روایات کے اس قدر پابند ہوتے ہیں کہ دنیا کی کوئی طاقت انہیں اس پابندی سے آزاد نہیں کرا سکتی۔ ان کے لیے انسانی جذبات سے بڑھ کر ان کی روایات ہیں۔ بہر کیف تمہاری جگہ ہمیشہ خالی رہے گی"۔ اس نے گلوگیر آواز میں کہا اور خاموشی سے اٹھ کر چلا گیا۔

میں نے بھی اسے روکنے کی کوشش نہ کی۔

اس کے جانے کے بعد بہت دیر تک میں نہ جانے کن خیالوں میں ڈوبتی ابھرتی رہی پھر اچانک پرویز کا خیال آ گیا۔ میں جلدی سے اٹھ کر غسلخانے کی طرف بڑھی۔ منہ ہاتھ دھو کر ابھی آئی ہی تھی کہ گھنٹی بجی۔ میں لپک کر دروازے پر پہنچی۔ یقیناً پرویز ہی تھا۔

"کیا بات ہے! آج اتنی دیر کیوں کر دی!" میں نے بے قراری سے پوچھا۔

"دیر سے!" وہ اندر آتے ہوئے مڑ کر بولا۔ "جناب! آج تو میں، دیکھو پورے چھ منٹ وقت سے پہلے آ گیا۔" اس نے کاؤچ پر دراز ہوتے ہوئے کہا۔ میں جلدی جلدی اس کے لیے چائے بنانے چل دی۔

"مونا!" اس نے چائے کی پیالی اٹھاتے ہوئے کہا۔۔۔ "تم اتنی بدل جاؤ گی مجھے یقین نہ تھا۔" اس نے بغور مجھے دیکھتے ہوئے کہا۔

"کیوں، کیا یہ ناممکنات میں سے ہے؟" میں نے ہلکے سے ہنس کر پوچھا۔

"نہیں، ناممکنات میں سے تو نہیں لیکن آزاد پنچھی پابندی سہار نہیں سکتے" وہ بولا۔

"مگر میں پنچھی نہیں۔" میں نے کہا۔

"ہوں!۔۔۔ وہ چند لمحے سوچتا رہا پھر ایک بنڈل میری طرف اچھال دیا۔ "یہ دیکھو آج ہی میری بہن کی شادی کی تصاویر آئی ہیں۔"

میں تصویروں کا بنڈل کھول کر اس کے برابر جا بیٹھی۔ "مجھے بتاتے جاؤ۔"

وہ ایک ایک تصویر کے بارے میں تفصیل سے بتاتا رہا۔ اس کی بہن بہت حسین تھی، بالکل اسی کی طرح۔ مجھے جانے کیوں سرخ سرخ کپڑوں میں لپٹی اس کامنی سی لڑکی پر رشک آ رہا تھا، جو پرویز کی بہن تھی۔

"اوہ! یہ دیکھو یہ میرے والد ہیں۔۔۔ یہ والدہ ہیں۔۔۔ یہ بڑی بہن۔۔۔ یہ چھوٹا بھائی۔۔۔" وہ نہ جانے کس کس کے بارے میں کیا کیا بتاتا رہا مگر میں جیسے کہیں کھو گئی تھی۔ یہ سب مجھے بہت اچھا۔۔۔ بہت پراسرار۔۔۔ بہت اپنا اپنا سا لگ رہا تھا۔

"کیا خیال ہے آج پکچر پہ نہ چلیں ؟" پروین کی آواز مجھے سہانے خیالات کی دنیا سے باہر کھینچ لائی۔

"ہاں، ضرور، مگر کہاں ؟" میں نے چونک کر پوچھا۔

"شانزے لیزے کی طرف"۔ اس نے کہا۔

"شانزے لیزے ؟" میں نے ذرا حیرت سے پوچھا۔

"کیوں ; وہاں جانا منع ہے ؟" اس نے ہلکی سی مسکراہٹ سے پوچھا۔

"نہیں۔ یہ بات نہیں بلکہ تقریباً ایک ماہ سے ہم ادھر گئے ہی نہیں" میں نے کہا.....

"اب کس لیے جاؤں ؟ ویسے وہ علاقہ مجھے بہت پسند ہے۔ زندگی سے بھرپور اور.....

اور..... آخر میں نے تم کو وہیں سے تو پایا ہے"۔ اس کی آواز سرگوشی میں بدل گئی تو میں نے بے خود ہو کر اس کے سینے سے سر ٹکا دیا۔

نہ جانے کیوں جب بھی وہ مجھے اپنی باہوں میں لیتا، مجھے ایسا محسوس ہوتا جیسے دنیا کے مصائب سے مجھے چھٹکارا مل گیا ہو۔ شاید دنیا کی عورت اسی تحفظ کی خواہاں ہوتی ہے جبھی تو وہ مرد پر فوراً اعتبار کر لیتی ہے۔ بغیر یہ جانے بوجھے کہ آگے کیا ہوگا ؟ "کبھی کبھی ایسا محسوس ہوتا ہے جیسے ..... ایک سہمی ہوئی چھوٹی سی بچی میرے سینے میں پناہ ڈھونڈ رہی ہے"۔ اس نے میرے بال منتشر کرتے ہوئے سرگوشی کی۔

"بچی..... " اور میں ایک گول مٹول خوبصورت سی بچی کے تصور میں گم ہو گئی اور اپنے خیالوں میں جانے کہاں سے کہاں پہنچ گئی۔

ان دنوں مجھے کیا ہو گیا تھا۔ ایک ایک لفظ میرے سامنے پوری زندگی کی تصویر کھینچ کر رکھ دیتا تھا۔

"اچھا..... چلو..... ورنہ دیر ہو جائے گی"۔ پروین نے آہستگی سے مجھے علیحدہ کرتے ہوئے کہا۔

اور میں جیسے تشنہ سی، بجھی بجھی سی الگ ہو گئی۔

"ہاں چلو۔" میں نے آہستہ سے کہا۔

"کیوں۔ کیا ہوا؟" پرویز نے پوچھا۔

"کچھ نہیں پرویز!..... اتنے قریب رہ کر بھی ہم میں کتنی دوری ہے۔" میں نے آہستہ سے تکلیف دہ حقیقت کا اظہار کیا۔

"اوہ! مونا میری جان!..... قربتوں کے حصول کے لیے بہت فاصلے طے کرنے پڑتے ہیں۔" وہ آہستہ سے مسکراتے ہوئے بولا۔

"عجیب فلسفہ ہے اس شخص کا بھی۔" میں حیرت سے سوچتی رہ گئی۔

ابھی فلم شروع ہونے میں دیر تھی۔ ہم دونوں فٹ پاتھ پہ پڑی ایک میز کے گرد بیٹھ گئے۔ ہر طرف رنگا رنگ ملبوسات میں نوجوان لڑکے لڑکیاں، عورتیں، بوڑھے آ رہے تھے، جا رہے تھے۔ باتیں کر رہے تھے۔

"یہ لباس تمہارے اوپر بہت بچ رہا ہے۔" پرویز نے ستائشی نظروں سے دیکھتے ہوئے کہا۔

"چلو، تم کو خیال تو آ گیا۔" میں نے ہنس کر جواب دیا۔

"خیال تو گھر میں داخل ہوتے ہی آ گیا تھا مگر میں تمہارے صبر کا امتحان لے رہا تھا کہ دیکھوں تم خود توجہ دلاتی ہو..... یا میری توجہ کا انتظار کرتی ہو!" اس نے کافی کی پیالی اٹھاتے ہوئے کہا۔

"تم لوگوں میں کس قدر احساس نہیں ہے....."

"حالانکہ بظاہر ہم کچھ بھی نہیں..... اس نے میری بات کاٹ کر کہا اور کھڑا ہو گیا۔

"چلو..... ابھی ٹکٹ بھی لینا ہے"۔

میں ایک معمول کی طرح کافی ادھوری چھوڑ کر اس کے ساتھ چل دی۔ حالانکہ اگر عام حالات میں میرے ساتھ کوئی اس طرح کرتا تو میرا ردِعمل بالکل ہی مختلف ہوتا مگر اب تو حالات بہت

بدل چکے تھے۔ میری ہر چیز میں زبردست تغیر آچکا تھا۔

"کہو، کب کر رہی ہو پرویز سے شادی؟"..... لبنیٰ نے جو میری بہت عزیز دوست تھی اور ہم دونوں نے ایک ساتھ ایک ہی سکول سے زنس کی تربیت حاصل کی تھی، باورچی خانے میں میرے ساتھ کھانا پکاتے ہوئے پوچھا۔

"ہاں دیکھو۔ جلد ہی ہو گی"۔ میں نے ٹالنے والا جواب دیا۔

"ہونہوں۔ ایسے نہیں۔ سچ بتاؤ"۔ اس نے میرے کاندھوں پر ہاتھ رکھتے ہوئے میری آنکھوں میں دیکھ کر پوچھا۔

"پتہ نہیں! ابھی تو اس سلسلے میں کوئی واضح بات نہیں ہوئی"۔ میں نے کہا۔

"کمال ہے۔ اتنے دنوں سے تم دونوں ساتھ ہو مگر سب سے اہم بات کا تذکرہ تک نہیں ہوا!".... وہ کچھ حیرت سے بولی۔

"میں چاہتی ہوں وہ خود ہی میری خواہش کرے یعنی خود ہی شادی کے لیے کہے"۔ میں بولی اور لبنیٰ کھلکھلا کر ہنس پڑی۔

"واہ! یہ کیا بات ہوئی۔ تم نے کہا، اس نے کہا، بات تو برابر ہوئی نا! معاملہ تو ایک ہی ہوا".....

"وہ کہتا ہے ہمارے ہاں لڑکیاں نہ محبت کے اظہار میں پہل کرتی ہیں اور نہ خود شادی کے لیے کہتی ہیں"۔ میں نے ڈولتے دل کو سنبھالتے ہوئے بڑی مشکل سے کہا۔

"تو گویا وہ بھی..... تمہارے اس حسین جسم کا خریدار ہے..... اور جس کا کوئی معاوضہ بھی نہیں۔ آخر تم نے ایک ایسے شخص کے لیے کہ جس کا کچھ پتہ بھی نہیں، اپنی ہر چیز کیوں چھوڑ دی۔ تمہارے پرستار، تمہارے چاہنے والے، اور....."

"خدا کے لیے بس کرو!! مت یاد دلاؤ مجھے سب کچھ، میں اب وہ سب کچھ بھول چکی ہوں"۔ میں نے تڑپ کر اس کی بات کاٹ دی۔

"لیکن مونا! تم خود سوچو! تم کیا تھیں اور کیا ہوگئیں۔ آخر کب تک ایسے کام چلاؤگی۔ اس طرح تو وہ اپنا مطلب پورا کرتا رہے گا مگر تم رہوگی وہی کیبرے کی رقاصہ۔ تم جو چاہ رہی ہو وہ صرف اور صرف ایک خواب ہے۔ پھر خود سوچو..... تم جس ماحول کی پروردہ ہو، کیا اس سے اتنی جلدی فرار حاصل کر سکتی ہو؟" لیزلی کے الفاظ انگارے بن کر میرے دل پر گر رہے تھے۔

"لیزلی! تم پرویز کو نہیں سمجھتیں۔ تم جو سمجھ رہی ہو وہ سب یکسر غلط ہے۔ اس نے مجھ سے محبت کی ہے۔ اپنی تمام تر شدتوں کے ساتھ۔ اس کا میرے جسم کا مرے سے تعلق ہی نہیں!؟" میں نے تنبیہی لہجہ میں کہا۔

"ہا! ہا! مرد اور خالی خولی زبانی محبت کرے! ناممکن..... تم اس کی بہن تو ہو نہیں جو اپنی محبت کا عملی اظہار نہ کرے اور تم کیسی عورت ہو جو اپنی جسمانی طلب کو دبا رہی ہو؟ کیا تمہاری خواہشات ختم ہوگئی ہیں؟ اتنا جمود کا تصور تو میں کم سے کم تم سے نہیں کر سکتی۔" لیزلی نے سمجھاتے ہوئے کہا۔

"مجھے اب کسی چیز کی ضرورت نہیں۔" میں نے کڑوی حقیقت سے منہ چرانا چاہا۔

پھر بھی وہ کافی دیر تک مجھے سمجھاتی رہی۔ اوّل تو اسے کسی طور یقین ہی نہ تھا کہ میرا اور پرویز کا مرے سے جسم کا کوئی تعلق ہی نہ تھا اور حقیقت تو یہ تھی کہ جو کچھ لیزلی کہہ رہی تھی، میرے دل کی آواز تھی، میرے جسم کی پکار تھی۔ میری اپنی شدید طلب تھی..... مگر میں پرویز کو کھونا بھی نہیں چاہتی تھی۔ زندگی میں پہلی بار کسی نے خلوص سے مجھے چاہا تھا۔ اپنا بنانے کا ارادہ کیا تھا۔ میں دو متضاد جذبوں کے درمیان بُری طرح پس رہی تھی۔ بُری طرح گھر رہی تھی۔ میرا جسم تڑپ رہا تھا..... مگر نہ جانے کیوں زبان بند تھی۔ ذہن جیسے سُن ہوگیا تھا۔

"کیا بات ہے مونا! آج بہت بکھری بکھری سی لگ رہی ہو؟" پرویز نے گھر میں داخل ہوتے ہوئے کہا۔

"کچھ نہیں۔۔۔۔۔ بس یونہی ذرا طبیعت مضمحل ہے۔" میں نے اس کی آنکھوں میں آنکھیں ڈالتے ہوئے کہا اور ایک لمحہ کو جانے کیوں وہ گھبرا سا گیا۔

"مم۔۔۔۔ گمر ہوا کیا؟" اس نے گھبراہٹ پر قابو پاتے ہوئے پوچھا۔

"کیا ہو سکتا ہے؟ تمہارے خیال میں۔۔۔۔۔" میں کاؤچ پر بیٹھتے ہوئے بولی۔

"تم غسل کر لو، طبیعت ہلکی ہو جائے گی"۔ وہ نظریں چراتا ہوا بولا۔

"اگر ہر مرض کا علاج غسل کر لینا ہوتا۔۔۔۔۔ تو شاید آج دنیا میں کوئی دُکھ نہ ہوتا" میں نے ذرا کڑوے لہجے میں کہا اور وہ کھلکھلا کر ہنس پڑا۔

"یہ کون سا فلسفہ آج تم بیان کر رہی ہو، کہیں کسی سے جھگڑا تو نہیں ہو گیا؟" اس نے میرے کندھوں پر ہاتھ رکھتے ہوئے کہا۔

"عملی زندگی اور فلسفہ میں زمین آسمان کا فرق ہے۔ میں عمل پر یقین رکھتی ہوں، فلسفوں پر نہیں"۔ میں نے سرد مہری سے اس کے ہاتھ اپنے کاندھے سے ہٹاتے ہوئے کہا۔

"آخر آج تمہیں ہو کیا گیا ہے؟" پرویز حیرانی سے بولا۔

"پرویز! میری تمہاری ملاقات کو کتنا عرصہ ہو گیا ہے؟" میں نے اسی ٹھنڈے سے لہجہ میں پوچھا۔

"بھئی میری سمجھ میں نہیں آرہا کہ تم کیا کہنا چاہ رہی ہو؟" پرویز نے کچھ ناخوش گواری سے کہا۔

"سمجھ میں نہیں آرہا یا تم سمجھنا نہیں چاہتے؟" میں نے کہا۔

"تم بتاؤ گی نہیں تو سمجھوں گا کہاں سے؟" اس نے احتجاجاً کہا۔

"فلسفے تو خوب تمہاری سمجھ میں آجاتے ہیں اور ایک معمولی سی بات کو تم سمجھ نہیں پا رہے ہو۔" میں نے ذرا سخت لہجے میں جواب دیا۔

"آخر بات تو بتاؤ؟" وہ بولا۔

"ہر بات میں ہی بتاؤں ۔ ۔ ۔ ۔ ۔ تم احساسات سے کیوں عاری ہو۔" میں نے کہا۔

"اُف اوہ! مونا! خدا کے لیے کچھ کہو بھی۔ مجھے الہام تو ہوتا نہیں!" اس نے جھلاہٹ میں میرے شانے جھنجوڑ ڈالے۔

"بیکار کی باتیں مت کرو۔ تم سب کچھ جانتے بوجھتے نظر انداز کر رہے ہو۔" میں نے چڑ کر کہا۔

"اُف! تم بتاؤ تو میں سمجھوں بھی!" وہ سر پکڑ کر کاؤچ پر بیٹھ گیا۔

"سنو پرویز! ۔ ۔ ۔ ۔ ۔ تمہاری خاطر میں نے اپنی پرانی زندگی کو چھوڑ دیا۔ تمہارے ہی ایماء پر میں نے ہر وہ چیز کی جسے تم نے پسند کیا اور جس کے لیے بلا شبہ مجھے بہت اذیتیں بھی اٹھانی پڑیں لیکن ۔ ۔ ۔ ۔ ۔ لیکن ۔ ۔ ۔ ۔ ۔ اس طرح میں کب تک جھوٹے سہاروں پر زندگی گزار سکتی ہوں۔ آخر تم شادی کیوں نہیں کرتے۔ میرے جسم کے بھی کچھ تقاضے ہیں۔ میری اپنی بھی کچھ خواہشات ہیں۔ فقط روح کی پیاس بجھانے سے تو زندگی نہیں گزر سکتی۔" میں ایک ہی سانس میں کہہ گئی۔

"اوہ! تو یہ بات ہے!" وہ سب کچھ سمجھتے ہوئے بولا۔" میں نے تو پہلے ہی کہا تھا تم آزاد پنچھی ہو پابندیاں سہار نہیں سکتیں۔ بھلا اس طرح کیسے رہ سکتی ہو! واقعی یہ تو تمہارے جسم کی توہین ہے۔" وہ طنزیہ لہجے میں بولا۔

"نہ صرف جسم کی توہین ہے بلکہ میرے پورے وجود کی ذلت ہے۔" میں نے ترکی بہ ترکی کہا۔

وہ چند لمحے حیرت بھری نظروں سے مجھے دیکھتا رہا جیسے اسے یقین نہیں آرہا تھا کہ میں وہی مونا ہوں جو کل تک اس کے اشاروں پر چل رہی تھی۔

"دیکھو مونا! میں جھوٹ بولنے سے حتی الامکان پرہیز کرتا ہوں اور وہ بھی تم سے ۔ ۔ ۔ ۔ ۔ فی الوقت میں شادی کرنے کی حیثیت میں نہیں ہوں۔ چند ماہ بعد میری تعلیم مکمل ہو جائے گی

اور پھر نوکری...... تب کہیں جاکر شادی کے بارے میں کوئی حتمی بات ہو سکتی ہے۔" اس نے کہا۔

"پرویز! میں نے جو قربانی اپنے جذبات، اپنے خیالات اور خود اپنی عادات کی دی ہے آخر وہ کسی وجہ ہی سے نا..... اور اگر مجھے وہ مقصد حاصل نہیں ہوتا تو.....!

"تو تم واپس اسی زندگی میں چلی جاؤ گی۔ کیوں؟"..... پرویز نے بات کاٹ کر تیزی سے پوچھا۔

"ہاں! شاید!!" میں نے بھی اسی لہجے میں جواب دیا۔

"مونا! میری جان!!" اس نے مجھے اپنی باہوں میں بھر لیا۔ "تم مجھ پہ بھروسہ رکھو..... تمہارے علاوہ نہ پہلے کسی عورت کو میں نے اس شدت سے چاہا ہے..... اور نہ چاہ سکتا ہوں..... مگر تھوڑا سا صبر کر لو۔ جہاں اتنی قربانی دی ہے۔ میں جانتا ہوں تم ایک قیدی کی سی زندگی گزار رہی ہو مگر یہ بھی تو سوچو کہ میرے مسائل کیا ہیں۔ پہلے تعلیم۔ پھر نوکری۔ تب شادی!"

وہ دھیمے دھیمے لہجے میں بڑے پیار سے آہستہ آہستہ مجھے سمجھا رہا تھا اور میں آنکھیں بند کیے اس کی آواز کے سحر میں ڈوب رہی تھی۔ ابھر رہی تھی۔ بے خود ہو رہی تھی۔ میرے دل سے اس کے لیے ہر برائی نکل چکی تھی۔ میں پھر لمحوں میں وہی مونا بن گئی تھی جیسی کہ وہ چاہتا تھا۔

"تم یونیورسٹی میں داخلہ کیوں نہیں لے لیتیں؟" اچانک پرویز نے کہا اور میں کھلکھلا کر ہنس پڑی۔

"تم یونیورسٹی کی بات کر رہے ہو۔ میں نے تو سکول تک کا منہ نہیں دیکھا۔" میں نے کہا۔

"اچھا تو یوں کرو کہ کہیں نوکری کر لو۔ یہ وحشت ناک تنہائی بھی ختم ہو جائے گی اور وقت بھی اچھا کٹ جائے گا..... مگر پاکستان جاکر نوکری نہیں کرنے دوں گا۔ سمجھیں۔" اس نے میری ناک پر انگلی رکھتے ہوئے کہا۔

چند ہی دنوں بعد میں نے ایک دواساز کمپنی میں استقبالیہ کلرک کی نوکری کر لی۔ صبح سے

شام تک ٹیلی فون اٹینڈ کر کر کے میں اس قدر تھک جاتی کہ کچھ اور سوچنے کا موقع ہی نہ ملتا۔ شام میں پرویز اور میں اکثر کہیں گھومنے چلے جاتے یا کبھی اس کے اپارٹمنٹ میں کچھ وقت گزارتے یا پھر میرے فلیٹ پر رات گئے تک وہ بیٹھا رہتا۔ ہم دونوں ساتھ کھانا کھاتے اور کھانے ہی کے دوران وہ اپنے خاندان، اپنی معاشرت، اپنے رسم و رواج کے بارے میں بتاتا رہتا اور میں ایک شاگرد کی طرح مؤدب بیٹھی اس کی ایک ایک بات سنتی رہتی۔

میں چرچ سے واپس آئی ہی تھی کہ پرویز آ گیا:

"اوہو! بہت مذہبی ہو گئی ہو۔" وہ ہنس کر بولا۔

"ہو گئی ہو سے کیا مراد، جناب! اپنی بے ترتیب زندگی میں صرف یہی تو ایک چیز ایسی ہے جس کی میں نے ہمیشہ پابندی کی۔ . . . . اور یہ بات تو تم خود بھی جانتے ہو۔" میں نے دستانے اتارتے ہوئے کہا۔

"ہاں۔ مگر اتوار تم خراب کرتی ہو ورنہ تو آرام سے صبح پکنک پہ جایا جا سکتا ہے۔" پرویز کاؤچ پہ بیٹھتا ہوا بولا۔

"ہفتہ بھی تو ہوتا ہے، میری تو چھٹی ہوتی ہے اس دن۔" میں نے کہا۔

"مگر۔ . . . اس دن تو عموماً مجھے خاصی دیر تک پڑھنا ہوتا ہے یہ بھی تم جانتی ہو۔" پرویز نے کہا۔

"ہاں۔ بہت اچھی طرح۔" میں مسکرائی۔

"کوئی اتوار تم مجھے کیا دے سکتی ہو؟" اس نے اچانک پوچھا۔

"سارا دن ہی تمہارا ہوتا ہے صرف تھوڑی سی دیر، وہ بھی صبح کے وقت میں چرچ جاتی ہوں اور کون سا روزانہ جانا ہوتا ہے۔ ہفتے میں ایک ہی تو دن ہوتا ہے جب چند لمحوں کے لیے . . . . اور میں پہنچ جاتی ہوں۔" میں نے کھوئے کھوئے سے لہجے میں کہا۔

"تمہیں مذہب سکون دیتا ہے؟" اس نے پوچھا۔

بہت! اتنا زیادہ کہ میں بیان نہیں کر سکتی بلکہ کبھی کبھی تو اب خیال آتا ہے کہ کاش! میں نن ہوتی۔ کم سے کم دنیا کے جھگڑوں سے تو نجات ہو جاتی۔ بس عبادت کیا کرتی۔" میں اس کے پاس بیٹھتی ہوئی بولی۔

"تمہیں پتہ ہے۔ ہمارے مذہب میں عبادت کے طریقے میں بڑا سکون ہے۔ ہمارے مذہب میں یہ بات بہت اچھی ہے کہ رہبانیت کا کوئی تصور نہیں۔ یعنی تم دنیا میں رہ کر پرسکون رہ سکتی ہو"۔ پرویز نے فوراً اپنے مذہب کی اچھائیاں شروع کر دیں۔

"یہ کیسے ممکن ہے؟" میں نے حیرت سے پوچھا۔

"تم مسلمان ہو کر تو دیکھو پھر معلوم ہوگا"۔ وہ ایک دم اٹھ بیٹھا تھا۔

"میں کیوں مسلمان ہو جاؤں جبکہ میرا اپنا بھی مذہب ہے"۔ میں نے منہ بنا کر کہا۔

"کیا مسلمان برے ہوتے ہیں؟" اس نے پوچھا۔

"برے ہوتے تو تم سے ناطہ کیوں جوڑتی؟" میں نے سوال کیا۔

"مونا! ایک بات بتا دوں۔ ہم اور تم شادی بھی اسی وقت ہی کر سکتے ہیں جب تم اسلام قبول کر لوگی"۔ پرویز کچھ سوچتا ہوا بولا۔

"کیا شادی کے لیے تبدیلیِ مذہب ضروری ہے؟" میں نے اس کی سوچ میں ڈوبی ہوئی خوبصورت آنکھوں کو دیکھتے ہوئے پوچھا۔

"ہاں۔ بہت زیادہ ...... بلکہ سب سے زیادہ اولین ضرورت"۔ وہ بولا۔

"تو پھر تم کرسچن ہو جاؤ۔ بات تو ......"

"کیا؟ ...... میں اپنا مذہب بدل لوں؟" وہ میری بات کاٹ کر چیخ اٹھا۔

"تو کیا ہوا ...... مذہب کی تبدیلی ضروری ہے نا ...... تو تم ہی قربانی دے دو۔ آخر میرا بھی تو کچھ حق ہے"۔ میں نے مسکرا کر کہا۔

"نہیں مونا نہیں ...... یہ نہیں ہو سکتا ...... ایسا تم آئندہ سوچنا بھی مت......

ہیں..... میں..... سب کچھ کر سکتا ہوں مگر مذہب..... نہیں نہیں.....“ وہ ایک دم ہی جیسے کھول سا گیا تھا۔

”جس قدر تم اپنے عقیدے پر راسخ ہو۔ اتنی ہی میں بھی ہوں“۔ میں نے کہا۔

”میں عقیدوں پر ایمان نہیں رکھتا۔ صرف اور صرف اپنے مذہب کی بات کر رہا ہوں اور اگر تم نے میرا مذہب نہیں اپنایا تو..... ہماری اولاد کا کون سا راستہ ہوگا؟ ان کو کون سا معاشرہ قبول کرے گا؟ ان کی کیا حیثیت ہوگی؟“ وہ جیسے ہذیانی انداز میں بول رہا تھا۔

”بھئی! اتنی معمولی بات کو تم اس قدر اہمیت دے رہے ہو۔ ہمارے بچے تمہارے نام سے جانے جائیں گے۔ وہ جس معاشرے میں رہیں گے اسی کے فرد ہوں گے اور بس..... اس میں اتنا پریشان ہونے کی کیا ضرورت ہے؟“ میں نے اس کے بالوں میں انگلیوں سے کنگھی کرتے ہوئے کہا۔

”اوہ، نہیں مونا۔ اگر تم اپنی ضد پر قائم رہیں تو..... اوہ نہیں! یہ بات تو میرے کبھی گمان میں بھی نہ آئی“۔ وہ اٹھ کر ٹہلنے لگا۔

”چھوڑو پرویز! چلو کہیں باہر کھانے پر چلتے ہیں“۔ میں نے اسے بہلانا چاہا۔

”نہیں مونا! آج یہ بات طے ہو ہی جائے تو بہتر ہے“۔ وہ دوبارہ بیٹھ گیا۔

”اس میں طے کرنے کی کیا بات ہے؟“ میں نے ”طے“ پر زور دیا۔

”اس لیے، اس لیے مونا کہ اس دنیا میں ہم ہی بچوں کے لانے کا سبب بنیں گے۔ ان کی پوری ذمہ داری ہماری ہوگی۔ میں ان کو کسی غلط عقیدے، کسی غلط راہ پر نہیں چلنے دوں گا“۔

اس کی یہ بات سن کر مجھے یوں لگا جیسے کسی نے مجھے بارود دکھا دیا ہو۔

”کیا مطلب ہے تمہارا پرویز! تم..... تم..... اب میرے مذہب کی برائی پر اتر آئے ہو۔ میں ہر چیز برداشت کر سکتی ہوں..... اور کرتی چلی آئی ہوں لیکن یہ بات قطعی نہیں، کسی صورت میرے لیے قابلِ قبول نہیں“..... اور کان کھول کر سن لو۔ میری اولاد

۔۔۔ میرے خون سے تعلق پلے گی اس وجہ سے وہ میرے ہی عقیدے اور میرے ہی مذہب کی ہوگی۔" میں نے تڑخ کر کہا۔

"ہوں: تمہارا عقیدہ۔ تمہارا مذہب۔ تمہارے لیے کسی مذہب کی کیا اہمیت۔۔۔ تم تو نہ جانے کتنے مذاہب کو برت چکی ہو۔۔۔ اور ایک میری خاطر۔۔۔۔"

"خاموش ہو جاؤ پرویز! خدا کے لیے خاموش ہو جاؤ اور اس وقت تم یہاں سے چلے جاؤ" میں چیخ پڑی۔

"ایسی بات ہے۔ تم اچھی طرح سوچ لو، سمجھ لو۔۔۔ فیصلہ کر کے مجھے بتا دینا۔۔۔ اگلے ہفتے تک۔۔۔ کیونکہ چند ماہ میں میں پاکستان چلا جاؤں گا۔" یہ کہہ کر وہ میرے فلیٹ سے چلا گیا۔

"چلے جاؤ۔ چاہے جہنم میں" میں غصے میں کھول رہی تھی۔

نہ جانے کتنی دیر سے فون کی گھنٹی بج رہی تھی مگر میرا دماغ سنسنا رہا تھا۔ میں نے ریسیور اٹھایا۔ لیزلی تھی:

"ایک خوش خبری سناؤں؟" اس کی کھنکتی آواز نے میرا غصہ تھوڑا سا کم کر دیا۔

"ہاں کہو۔۔۔" میں نے کہا۔

"کیا بات ہے مونا! تم خوش خبری کا لفظ سن کر بھی خوش نہیں ہوئیں؟" لیزلی نے حیرت سے پوچھا۔

"ارے واہ! کیوں نہیں خوش ہوئی۔ میں تو نوعیت سوچ رہی تھی۔" میں نے اپنی آواز کو معمول پر لاتے ہوئے کہا۔

"نوعیت:۔۔۔ وہ کھلکھلا کر ہنس پڑی اور میں بھی خواہ مخواہ اس کے ساتھ ہنس دی۔

"ہوں: تو کوئی بڑی ہی بات ہے؟" میں نے مسکرا کر پوچھا۔

"ہاں! میں اگلے اتوار کو شادی کر رہی ہوں۔" وہ بولی۔

"ارے واقعی! مبارک ہو، کس سے؟" میں واقعی خوش ہو گئی تھی۔

"میں ابھی آؤں گی تھوڑی دیر میں تمہارے گھر تب ساری تفصیلات بتاؤں گی۔"

لیزلی نے کہا اور فون بند کر دیا۔

وہ پورا ہفتہ میں لیزلی کی شادی کی خریداری میں مصروف رہی۔ لیزلی، میں اور اس کا ہونے والا شوہر پاول، ہم دن بھر خریداری اور شام ان کے نئے خریدے ہوئے فلیٹ کو سجانے میں گزار دیتے۔

"کہو! پرویز کس حال میں ہے؟" ایک شب کھانے پر لیزلی نے پوچھا۔

میں جس تکلیف دہ ذکر سے بچنا چاہ رہی تھی وہ اپنی تمام تر شدتوں کے ساتھ میرے سامنے آن کھڑا ہوا تھا۔

"ٹھیک ہے۔ آجکل مصروف ہے۔" میں نے ٹالنے والا جواب دیا۔

"یہ کیا بات ہوئی؟ ایک دن بھی تو تمہارے ساتھ یہاں نہیں آیا۔ خود پاول کو اس سے ملنے کا بڑا اشتیاق تھا۔" لیزلی نے پاول کی طرف دیکھتے ہوئے کہا۔

"میں نے کئی بار لیزلی سے پوچھا مگر مصروفیت کی وجہ سے آپ سے دریافت نہ کر سکا۔" پاول بولا۔

"بھئی یہ تم آپ جناب سے کیوں مخاطب کر رہے ہو؟" میں نے ہنس کر گفتگو کا رخ موڑنا چاہا، لیکن وہ میری بات کاٹتا ہوا بولا:

"اس لیے کہ جتنی قربانیاں آپ نے دی ہیں میرے خیال میں کوئی عورت نہیں دے سکتی۔"

مجھے ایسا لگا جیسے گیند اچھل کر دوبارہ میرے کورٹ میں آ گئی ہو۔

"تم لوگوں کا شادی کے بعد کیا پروگرام ہے؟" میں نے دوسرا ہی موضوع چھیڑ دیا۔

وہ دونوں اپنے پروگرام بتانے لگے:

"بھئی دیکھو! شادی کے پندرہ دن تک تو پاول کہیں نہیں جائے گا کیونکہ اسے چھٹی

نہیں مل سکتی۔ اس کے بعد ہم دو ماہ یورپ کا دورہ کریں گے۔ . . . اور پھر واپس اپنے شہر پھر یہ اپنی نوکری پر چلا جائے گا اور میں اپنی پر۔" لیزلی نے ہنس کر کہا۔

"یعنی تم بھی مے خانہ چھوڑ دو گی؟" میں نے کچھ حیرت سے پوچھا۔

"ہاں! اور کیا۔ آخر گھر کو کون سنبھالے گا۔ پھر میرے . . . . بچے . . . ." اور اس کے چہرے پر سرخی سی لہرا گئی۔ پاول زور سے ہنس پڑا۔

لیزلی کی شادی ہو گئی تھی۔ اس قدر زبردست تبغیر اس میں آ گیا تھا کہ مجھے حیرت ہو رہی تھی۔ ویسے تو وہ تھی ہی ہنسوڑ مگر اب تو یہ عالم تھا کہ بات بعد میں کرتی تھی، ہنستی پہلے تھی۔

ایک روز میں تھکی ہاری جب دفتر سے گھر آئی تو چند ہی لمحوں بعد لیزلی بھی آ گئی:

"میں تو سوچ رہی تھی کہ پرویز ہو گا۔ آج دو بدو اس سے بات ہو جائے گی۔" لیزلی ادھر اُدھر دیکھتے ہوئے بولی۔

"نہیں، آجکل وہ بہت مصروف ہے۔" میں نے نظریں چُراتے ہوئے کہا۔

"سنو مونا! ہم تم بچپن کے ساتھی ہیں۔ ایک دوسرے کے دکھ درد کو اچھی طرح سمجھ سکتے ہیں۔ تم وہ راتیں اور وہ دن بھول گئیں جب ہم تم دونوں بے خانماؤں کی طرح کبھی ایک جگہ رات گزارتے، کبھی دوسری جگہ۔ کیا تمہارا اور میرا اب صرف سکھ کا ہی ناطہ رہ گیا ہے۔" لیزلی کی آنکھوں میں آنسو بھر آئے تھے۔

مجھے ذرا سی محبت ملی تو میں بکھر گئی۔ میں نے روتے سسکتے ایک ایک بات اس کے گوش گزار کر دی۔ وہ سنجیدگی سے بیٹھی سنتی رہی۔

"ہوں، تو یہ بات ہے۔ دیکھو مونا! . . . . بہت ہو گیا . . . . تم نے اس کی ہر بات مانی، جو اس نے کہا وہ کیا مگر تمہارا اپنا بھی کوئی وقار ہے . . . . تم ایک عورت ہو . . . . جو اگر جھک جائے تو عظمت ہے اور اگر جھکانا چاہے تو یہ اس کا حق ہے اور اب تم ہر حق لو گی . . . . یاد رکھو مونا! اب تم نہیں جھکو گی۔" اس کی حالت بہت ابتر ہو رہی تھی۔ جذبات میں وہ پرویز کو بُرا بھلا جو منہ میں آتا،

کیے جا رہی تھی۔

'اور ایسا نہ ہو تو چھوڑ دو اسے۔ تمہارے لیے کوئی کمی نہیں'۔ اس نے فیصلہ کن لہجے میں کہا۔

پرویز کو چھوڑنے کا تصور..... میرے لیے سوہانِ روح تھا۔

'مگر لیزلی..... ہم دونوں ایک دوسرے سے محبت کرتے ہیں'۔ میں نے کچھ دبی آواز سے کہا۔

'ہم دونوں؟' وہ دہاڑی۔ 'یا صرف تم احمق بن رہی ہو۔ جب جی چاہے گا چلا آئے گا.... جو پابندی چاہے گا لگا دے گا.... آخر یہ کیا ہو گیا ہے تم کو؟ تم زندہ عورت سے بے جان مورت کب سے بن گئی ہو؟' اس نے سخت لہجے میں کہا۔

'ٹھیک ہے لیزلی! تم درست کہتی ہو۔ تم میری زیادہ ہمدرد ہو۔ میرے زیادہ قریب رہی ہو مجھ سے زیادہ عقلمند ہو'۔ میں نے سر جھکا کر آہستہ سے کہا۔

'نہیں.... خیر یہ بات تو نہیں لیکن میری جان سونا! تم خود ہی سوچو کہ اس طرح کب تک بسر کرو گی؟ تنہا ہی رہنا اگر مقدر رہا تو کیبرے کی زندگی کون سی بری تھی کم سے کم وہاں تو اتنی تنہا تو نہ تھیں'۔ لیزلی نے میری پیشانی پر بوسہ دیتے ہوئے کہا۔

'ہاں، تم درست کہہ رہی ہو لیزلی'۔ میں اقرار پہ اقرار کیے جا رہی تھی کیونکہ خود لیزلی کو علم نہ تھا کہ میں اس وقت اپنے جذبوں کی انتہا پر پہنچی ہوئی تھی۔ اسی وجہ سے میں اس سے آنکھ بھی نہیں ملا رہی تھی.... مبادا جو میرے اندر اتھل پتھل مچی ہے وہ باہر کے شور میں ختم نہ ہو جائے اور اندر کی یہ اذیت بہرحال مجھے عزیز تھی کیونکہ یہ میری اپنی تھی۔

لیزلی تو سمجھا بجھا کر چلی گئی تھی مگر میں بالکل بے دم ہو گئی تھی اور آخرکش دو گولیاں مسکن کھا کر بستر پہ دراز ہو گئی۔ جانے کب تک.... کتنے گھنٹوں میں بے خبر سوتی رہی۔ جب آنکھ کھلی اور گھڑی پہ نظر پڑی تو دیکھا گیارہ بج رہے ہیں۔ میں چونک کر اٹھ بیٹھی۔ یا خدا! اتنی دیر تک میں سوتی رہی۔ اٹھ کر سب سے پہلا کام تو یہ کیا کہ میں نے اپنے دفتر فون کر کے خرابیِ طبیعت کا بہانہ

کردیا۔ اس کے بعد غسل کرکے باورچی خانے کا رخ کیا۔

ابھی میں چائے بنا ہی رہی تھی کہ دروازے کی گھنٹی چیخ اٹھی۔ "اس وقت کون ہو سکتا ہے؟" مجھے تشویش ہوئی۔ میں دروازے پر پہنچ گئی۔ دروازہ کھولا تو چونک پڑی۔ پرویز کھڑا تھا۔

"کیسی ہو مونا؟ اس کا چہرہ نہ جانے کیوں مجھے زرد سا لگا۔

"ٹھیک ہوں۔ تم کب جا رہے ہو؟" میں نے راستہ دیتے ہوئے بے جذبہ لہجے میں پوچھا۔

"دو ماہ تک چلا جاؤں گا"۔ اس نے کہا اور اپنی مخصوص کاؤچ پر بیٹھ گیا۔

ایک طویل خاموشی چھا گئی۔۔۔۔۔ جیسے بات کرنے کے لیے کسی کے پاس الفاظ نہ تھے۔ میں ناشتے کی ٹرے اٹھا لائی۔

"آج تم دفتر کیوں نہیں گئیں؟" اس نے پوچھا۔

"یونہی! جی نہیں چاہا"۔ میں نے کہا۔

"تم کو ایک ہفتہ سے فون کر رہا ہوں۔ فلیٹ پر آرہا ہوں مگر تم کہاں تھیں؟" اس نے چند لمحوں

بعد پوچھا۔

"میں کہاں جاسکتی ہوں پرویز!" میں نے خواہ مخواہ ہی ہنس کر جواب دیا۔

"میں کئی بار آیا مگر تمہارا فلیٹ لاک تھا"۔ اس نے پھر کہا۔

"اوہ! ہاں! لیزلی کی شادی تھی نا۔ میں تو بھول ہی گئی"۔ میں نے چائے کی پیالی اسے دیتے ہوئے کہا۔۔۔۔ اور پھر ایک طویل خاموشی چھا گئی۔

"مونا!" کافی دیر بعد پرویز کی آواز گونجی۔

"ہاں۔۔۔۔" میں جو باورچی خانے جا رہی تھی، مڑ کر بولی۔

"تم ہو آؤ باورچی خانے سے"۔ اس نے کہا اور اٹھ کر ٹہلنے لگا۔

"ہاں۔۔۔۔ کہو!" واپس آکر میں اس کے روبرو کھڑی ہوگئی۔

"مونا! میری جان!! اپنی ضد چھوڑ دو"۔ اس نے میرے کاندھوں پر ہاتھ رکھتے ہوئے کہا۔

"کیسی ضد؟" میں نے تحمل سے کام لیا۔

"مونا! مونا!! میں بہت پریشان ہوں۔ خدا کے لیے مان جاؤ میری بات۔" اس نے مجھے اپنی باہوں کے حصار میں لینا چاہا مگر میں آہستگی سے الگ ہو گئی۔

"پرویز! اب تک میں تمہاری ہر بات مانتی چلی آئی ہوں مگر اس بات پر کوئی سمجھوتہ ممکن ہی نہیں۔" میں نے فیصلہ کن لہجے میں کہا۔

"ویسے تو شادی یوں ہی ہو سکتی ہے لیکن مونا! میں چاہتا ہوں کہ تم جب میری بیوی بن کر چلو تو تم کو وہی مقام میرے گھر میں ملے جو کسی بھی پاکستانی لڑکی کو میری بیوی بننے پر ملتا۔ میں نے اپنے والد کو تمہارے بارے میں لکھا تھا۔ انہوں نے بھی یہی شرط رکھی ہے کہ اگر تم مسلمان ہو جاتی ہو تو سر آنکھوں پر خوش آمدید۔۔۔۔۔"

"ورنہ تم کرسچن نہیں ہو گے!" میں نے بات کاٹ کر کہا۔

"سوال ہی پیدا نہیں ہوتا۔" وہ بولا۔

"پھر اس کا بھی سوال پیدا نہیں ہوتا۔ میں نے تو تم کو باوجود اس کے کہ میرے ہم مذہب نہیں ہر رتبہ پر فائز کر دیا تھا مگر۔۔۔۔ مگر۔۔۔۔ پرویز۔۔۔۔ تم محض اپنے گھر میں مجھے ایک نام نہاد مقام دلانے کے لیے اتنی بڑی بات کہہ رہے ہو۔ کیا تمہارے ہاں انسانی جذبوں، انسانی محبتوں، انسانیت کی کوئی قدر نہیں؟ کیا تمہاری ہدایات، تمہارا مذہب، ہی سب کچھ ہیں۔ کیا تمہارے مذہب نے محبت کا درس نہیں دیا؟ بتاؤ پرویز! مجھے جواب دو؟" میں نے اسے جھنجھوڑ کر کہا۔

اس کے چہرے کی زردی مزید بڑھ گئی تھی۔۔۔۔۔ بے چینی کی لکیر بھرپور سے چہرے پر پھیل گئی تھیں۔

"تمہاری ہر بات درست۔۔۔۔ لیکن۔۔۔۔"

"لیکن ویکن کچھ نہیں پرویز! میرا فیصلہ تم سن چکے ہو۔" میں نے سخت لہجے میں اس کی بات کاٹ کر کہا۔

میں عورت ہونے کا ثبوت دے رہی تھی۔ اسے جھکنے پر مجبور کرنا چاہ رہی تھی۔ . . کہ یہ میرا حق تھا۔

"بہر کیف مونا! تم خواہ مخواہ کی ضد کر رہی ہو۔ تم نے خود کو اتنا تبدیل کر لیا ہے کہ شاید ہی کوئی کر سکتا ہو مگر اب . . . . مگر اب ذرا سی بات کے لیے تم اتنی چراغ پا ہو رہی ہو!" پرویز نے میری آنکھوں میں آنکھیں ڈالتے ہوئے کچھ ایسے لہجے میں کہا کہ ایک لمحہ کو میں ڈول گئی لیکن میں اپنے فیصلے پر مضبوطی سے جمی رہی۔

"اگر تم اسے ذرا سی بات سمجھتے ہو تو تم کیوں نہیں اپنا لیتے؟ یہی ذرا سی بات میرے لیے سب سے اہم ہے"۔ میں نے کہا۔

"میرا تو خیر کسی طور سوال ہی پیدا نہیں ہوتا، یہ میں تم کو بتا چکا ہوں۔ پھر . . . تم تو . . . . مونا آسانی سے یہ کام کر سکتی ہو، قباحت کیا ہے اس میں؟" اس نے بڑے ہی نرم لہجے میں کہا مگر میں چٹان کی طرح اپنے فیصلے پر قائم تھی۔

"ٹھیک ہے۔ ابھی نومبر سے جانے میں خاصے دن ہیں۔ تم پھر سوچ لو!" پرویز نے کچھ سوچتے ہوئے کہا اور فلیٹ سے نکل گیا۔

اس کے جانے کے بعد . . . میں جیسے پتھر کی ہو چکی تھی۔ میرا جی چاہ رہا تھا کہ چیخ چیخ کر روؤں مگر آنسو شاید خشک ہو چکے تھے۔ اسے جاتے دیکھ کر ایک لمحہ کو خیال آیا کہ دوڑ کر اسے روک لوں اور اس کی بات مان لوں مگر قدموں نے اپنی جگہ سے ہلنے سے انکار کر دیا۔

پرویز معمول کے مطابق آتا رہا۔ ہم دنیا بھر کی باتیں کرتے مگر وہ جیسے الجھا رہتا . . . اور میرے پاس جلد ہی موضوعات ختم ہو جاتے۔ پھر ہم گھنٹوں ایک ہی چھت کے نیچے، اپنی اپنی سوچوں میں گم خاموش، بے آواز لمحے گزار دیتے۔ ایک برائی ہم دونوں کو قریب لے آئی تھی اور اب ایک اچھائی نے ہمیں ایک دوسرے سے میلوں کے فاصلے پر لا پٹخا تھا۔ خود مجھے حیرت تھی کہ مجھ میں یہ ضد کہاں سے آ گئی۔ شاید یہ میرے برداشت کی آخری حد تھی . . . میری انا پر گہری ضرب . . . .

میں سب کچھ بھلا چکی تھی ، یاد تھی تو اپنی ضد... پرویز کی ہٹ دھرمی... اور بس!

"مونا! میں اگلے ہفتے جا رہا ہوں"۔

یہ خبر میرے لیے کسی دھماکے سے کم نہ تھی۔ مجھے ایسا محسوس ہوا جیسے دھماکے میں میرے وجود کے چیتھڑے اڑ گئے ہوں۔ میں نے بڑی مشکل سے اپنے آپ کو سنبھالا!

"اچ... اچھا... کتنے عرصے کے لیے...؟" میں نے رکتے رکتے بڑی دقتوں سے پوچھا۔

"کچھ علم نہیں.... تعلیم تو میری ختم ہو چکی ہے۔ اب دیکھو.... شاید ہی واپسی کا کوئی امکان ہو" اس نے گمبھیر لہجے میں سنجیدگی سے مجھے دیکھتے ہوئے کہا۔

"ہوں" میں نے بغیر کسی ردِ عمل کے کہا۔

"مونا!" کافی دیر کی خاموشی کے بعد اس نے پکارا۔

"ہاں" میں جیسے کہیں دور سے بولی۔ عجیب اجنبی سی آواز تھی میری۔

"مونا، میری جان! مان جاؤ میری بات" اس نے میرے کاندھوں پر ہاتھ رکھتے ہوئے ملتجی لہجے میں کہا۔

میں چند لمحے ساکت سی اسے دیکھتی رہی اور پیشتر اس سے پہلے کہ میں اس کی آغوش میں سما جاتی اور وہ سب کچھ ہو جاتا جو وہ چاہ رہا تھا۔ میں نے ایک جھٹکے سے اس کے ہاتھ اپنے کاندھوں سے ہٹا دیے۔

"مونا!" اس کی آواز میں دنیا جہان کی حیرت تھی۔

"ہاں پرویز! میں نے تمہاری ہر بات مانی ہے۔ تمہارے اشارے پر ہر وہ کام کیا جو تم نے چاہا! اپنی ہر آسائش چھوڑ دی حتی کہ اپنی فطرت تک بدل دی۔ مگر... مگر... پرویز! صرف ایک بات تم سے کہہ رہی ہوں.... اور تم....!" میری آواز آنسوؤں میں بھیگنے لگی تھی اور وہ بے حس سا کھڑا مجھے دیکھے جا رہا تھا۔ اس کی آنکھوں میں امید کے دیے روشن تھے۔ عجیب سی چمک تھی نگاہوں میں۔

میں نے بغور اسے دیکھا اور فوراً ہی اپنے آپ کو سنبھال لیا۔

"ہاں۔ ہاں! کہو مونا!" اس نے تھکے تھکے سے لہجے میں کہا۔

"تم جاؤ اپنے وطن۔ ۔ ۔ میں انتظار کروں گی کہ تم اپنا فیصلہ بدل دو۔ ۔ ۔ یا شاید انتظار نہ بھی کر سکوں"۔ میں نے کہا۔

"دنیا بڑی عجیب جگہ ہے مونا! یہاں ملن بڑی مشکل سے ہوتا ہے۔ بچھڑنا اتنی ہی آسانی سے ہو جاتا ہے۔ ۔ ۔ اور بچھڑے ہوؤں سے دوبارہ ملنا، شاید ہی ہوتا ہے۔ پتہ نہیں ہم بچھڑے تو مل بھی پائیں گے یا نہیں"۔ اس کی آواز میں ہلکا سا ارتعاش تھا۔

"نہیں پرویز! دنیا بہت چھوٹی جگہ ہے۔ بچھڑے ہوؤں کا ملن کوئی مشکل نہیں۔ ۔ ۔ ۔ جذبے سلامت رہیں تو۔ ۔ ۔ ملن کو دنیا کی کوئی طاقت نہیں روک سکتی۔ ۔ ۔ کوئی رکاوٹ نہیں آ سکتی راہ میں۔ ۔ ۔ لیکن پرویز! اگر جذبے ہی مر جائیں، لگن ختم ہو جائے تب انسان کا ملنا۔ ۔ ۔ بہت مشکل بلکہ ناممکن ہو جاتا ہے"۔ میری آواز پھر آنسوؤں میں پھنسنے لگی۔ مجھے لگ رہا تھا کہ اب۔ ۔ ۔ ۔ کہانی ختم۔ ۔ ۔ ہم دو کردار جو دو علیحدہ تہذیبوں کے نمائندے تھے، الگ الگ مذہب کے پیروکار تھے۔ ۔ ۔ ہمارا ملنا بہت مشکل تھا۔ بے حد کٹھن بلکہ ناممکن سا۔ پتہ نہیں کیوں ساری زندگی میرے ساتھ یہ ہوتا آیا ہے کہ ہر چیز میرے ہاتھوں تک آ کر چلی جاتی ہے اور میں بے بسی سے خالی دامن لیے کھڑی رہ جاتی ہوں۔ شاید میرے لیے کاتب تقدیر نے یہی رقم کیا ہو۔ آخر اور بھی تو افراد ہیں دنیا میں۔ جو چاہتے ہیں کر گزرتے ہیں۔ ان کی راہ میں تو کوئی چیز آڑے نہیں آتی۔ شاید۔ ۔ ۔ شاید۔ ۔ ۔ میں۔ ۔ ۔ میری ہی غلطیاں، اور لمحہ کمزور پڑتا چلا گیا۔ میرے اندر کی عورت بے قرار ہو گئی۔ وہ اپنے تمام تر جذبوں کے ساتھ مجھ پر حاوی ہونے کی کوشش کرنے لگی:

"پرویز!" ایک تڑپ میرے منہ سے نکلی اور میں اس کی بھری بھری باہوں میں سما گئی۔ شاید قرن بیت گئے۔ میں مدہوش سی آنکھیں بند کیے اس کے سینے سے لگی سسکتی رہی۔ روتی رہی۔ ۔ ۔ وہ خاموش رہا۔ بس اس کے سہلاتے ہوئے ہاتھ میرے جسم کو دلاسہ دے رہے تھے۔

بر ان کا جذبہ بیان کر رہے تھے۔

"ہیلو! کہاں گم ہو؟" اس روز رات میں لیزلی اور بادل میرے گھر پر آدھمکے۔

"کہیں نہیں۔ تم کب آئیں؟" میں نے کھڑے ہوتے ہوئے گرمجوشی سے کہا۔

"ہم لوگ پرسوں واپس آگئے تھے"۔ بادل بولا۔

پھر کافی دیر تک وہ دونوں میرے پاس بیٹھے رہے۔ لیزلی خوشی خوشی اپنے یورپ کے دورے کے دلچسپ واقعات سناتی رہی۔ بادل کی محبت کے نشے میں چور، لڑکھڑاتی سی آواز میں۔ روداد محبت بیان کرتی رہی۔۔۔ اور میں گم سم سی بیٹھی۔۔۔ سنتی رہی۔

"آپ کو ایک خوشخبری اور سنائیں"۔ بادل کھڑا ہوتے ہوئے بولا۔

"ہاں کہو"۔ میں بہت کچھ جیسے جان کر مسکرائی۔

"ہم دونوں۔۔۔ مما پپا بننے والے ہیں"۔ بادل زور سے ہنسا اور لیزلی کے چہرے پر ممتا کا نور پھوٹ پڑا۔

پرویز چلا گیا :

چند دنوں تک تو میں جیسے بکھر کر رہ گئی۔ ان دنوں لیزلی نے مجھے سہارا دیا۔ وہ میرے ہی پاس چند دنوں کے لیے آ کر رہ گئی تھی۔ رات گئے دیر تک وہ مجھے نصیحتیں کرتی۔ میرے اقدام کو سراہتی۔ اکثر بادل بھی آ جاتا اور اس طرح آہستہ آہستہ وقت گزرنے لگا۔ میری زندگی ایک لگے بندھے ڈھرے پر چل پڑی تھی۔ بظاہر میں بالکل مطمئن ہو گئی تھی۔ انسان کرے بھی کیا۔۔۔ اسے اپنی مجبوریوں سے سمجھوتے کرنے ہی پڑتے ہیں۔ اگر زندگی میں سمجھوتے کی گنجائش نہ ہو تو آدمی یقیناً پاگل ہو جائے۔

بڑی دیر سے گھنٹی بجے جا رہی تھی۔ نہ جانے کیوں!۔۔۔ میں گھنٹی کی آواز سے بے طرح چونک پڑی۔ یہ اندر۔۔۔ یہ اندر۔۔۔ مگر پھر ذہن سے سب کچھ جھٹک کر۔۔۔ دروازے کی طرف بڑھی۔ میں نے دروازہ کھولا اور جیسے زمین نے میرے قدم تھام لیے۔۔۔ وقت کی گردش رک گئی۔۔۔ ہر چیز ساکت ہو گئی۔۔۔ میری نگاہیں جیسے پتھرا گئیں۔ دروازے پر پرویز کھڑا تھا۔۔۔

اپنی تمامتر رعنائیوں کے ساتھ۔ آج اس کے وجود سے جیسے کسی چیز کے ٹوٹنے کا احساس سا ہوا۔

"مونا!.... مونا! میں ہار گیا.... تم جیت گئیں.... میں تمہیں.... تمہاری ہی شرطوں پہ لینے آیا ہوں۔ چلو مونا! میرے سب لوگ تمہارے انتظار میں ہیں" وہ بے قراری سے بولتا ہوا آگے کو بڑھا۔

میں نے آہستہ سے ایک طرف ہٹ کر اسے اندر آنے کا راستہ دے دیا۔

"مونا! دیکھو تو تمہاری محبت، تمہاری چاہت.... مجھے دوبارہ آخر لے ہی آئی" اس نے میری طرف لپکتے ہوئے کہا۔

"پرویز! آرام سے بیٹھ جاؤ" میں نے جانے کیسے اپنے پر قابو پاتے ہوئے آہستہ سے کہا۔

"اوہ! یہاں کی تو ہر چیز ہی بدل گئی.... یہ.... یہ لبنیٰ کی تصویر ہے؟" اس نے حیرت سے ادھر اُدھر دیکھتے ہوئے کہا۔ پھر لبنیٰ اور پاول کی بڑی سی رنگین تصویر کی طرف اشارہ کر کے پوچھا۔

"ہاں.... یہ دونوں.... پچھلے ماہ ایک حادثے میں مجھ سے بچھڑ گئے" میں نے اپنے آنسو ضبط کرتے ہوئے بڑی مشکل سے کہا۔

اسے کیا معلوم اتنے عرصے میں، میں کن صدمات سے گزری، کون کون سے حادثات میرے ذہن پہ بیت گئے؟ مگر اسے تو صرف اپنی بے قراریوں کا احساس تھا.... اپنی تکلیف کا خیال تھا اور بس!

"مونا! میری جان.... تمہیں کیا معلوم کہ میں تمہارے لیے کیسا کیسا تڑپا ہوں.... کتنی بے خواب راتیں تمہاری یاد میں گزاری ہیں.... کتنے بے کیف دن تم سے بچھڑ کر ملے ہیں...."

"باوجود اتنی بے قراریوں، اتنے رت جگوں کے بعد پرویز.... تمہیں دو برس.... پورے چوبیس ماہ بعد میرا خیال آیا؟ باوجود اپنے بے کیف دنوں کے تم نے پلٹ کر پوچھا تک نہیں کہ میں زندہ ہوں یا مر گئی؟ میرے اوپر ان دو برسوں نے کیا کیا ستم ڈھائے، میں واپس اپنی پرانی زندگی میں چلی گئی.... یا ابھی بھی وہیں ہوں جہاں سے سفر شروع کیا تھا؟" میرے دل میں چھپی ہوئی اس کی

محبت بلک اٹھی۔

"میں۔۔۔۔ میں۔۔۔ کیا کرتا جان۔۔۔۔ میں مجبور تھا۔۔۔میں"۔۔وہ بے قراری سے میری طرف بڑھا۔۔۔اور میں خاموشی سے ایک طرف ہو کر بیٹھ گئی۔

"تم اپنی روایات کے آگے مجبور تھے۔۔۔۔ تم اپنے مذہب کے آگے مجبور تھے۔۔۔خوب۔۔۔۔ اچھے ڈھکوسلے بنائے ہیں تم نے مجبوری کے پرویز! جو کچھ تمہارے اوپر بیت جائے وہی اصل ہے۔۔۔ میں تو۔۔۔ میرا تو۔۔۔ میری تو کوئی حیثیت ہی نہیں۔۔۔نہ میرے جذبات ہیں نہ دل نہ سوچنے سمجھنے کی صلاحیت، کیوں پرویز؟!" میں نے پوچھا۔

"مونا!" اس کے لہجے میں ہلکا سا تحیّر تھا یا شاید شکست کی آواز تھی۔۔۔۔ "مونا! حادثے انسانوں ہی کے ساتھ ہوتے ہیں، مصائب سے انسان ہی گزرتا ہے۔ وصال اور ملن تو۔۔۔ تقدیر سے ہوتا ہے۔۔۔ انسان کتنا مجبور ہے تم کو شاید اس کا اندازہ نہیں!" پرویز جیسے بلک اٹھا اور میرا پورا وجود ہل کر رہ گیا۔

"نہیں پرویز! مجھے پورا اندازہ ہے۔ صد فیصد علم ہے کہ انسان کس قدر مجبور ہے۔ کتنا بے بس ہے۔ کس حد تک بے دست و پا ہے۔۔۔ اور یہ کہ تمہاری یہ بات کہ وصال اور ملن تقدیر ہی سے ہوتا ہے میرا ایمان ہے۔ آدمی جب کسی سے ملنے کو تڑپتا ہے تو تقدیر اسے اٹھا کر دور پھینک دیتی ہے اور جب بے حس ہو جاتا ہے تب۔۔۔ یہی تقدیر۔۔۔ بے سان و گمان کسی اور کو اس کے در پر لے آتی ہے۔۔۔ یہ بھی تو انسان کی مجبوری ہے نا۔" میں نے کچھ سوچتے ہوئے کہا۔

"میں۔۔۔ میں سمجھا نہیں۔" پرویز آنکھیں پھاڑے میری طرف دیکھ رہا تھا۔

"ادھر آؤ میرے ساتھ۔۔۔" میں اپنے بیڈ روم کی طرف بڑھی۔ "یہ دیکھو۔ بستر پر ایک ماں کی تخلیق سو رہی ہے۔ میری بیٹی پرویز!۔۔۔ میں نے تو چاہا تھا کہ میری ایک خوبصورت سی گول مٹول سی بیٹی ہو جو میری اور تمہاری محبت کا ثمر ہو۔۔۔ مگر پرویز۔۔۔ یہاں بھی تقدیر نے

اپنا کرشمہ دکھایا۔ میرے بیٹی بھی ہوگئی۔ خوبصورت بھی ہے مگر اس کی تخلیق میں تمہارے وجود کا شائبہ تک نہیں۔ تمہاری محبت کی پرچھائیں تک نہیں۔" میں اپنی رو میں بولتی چلی گئی۔ "ہاں پرویز۔۔! میں نے شادی کرلی۔ تم نے میری عادتیں اتنی خراب کردی تھیں کہ میرا جنون میں گزر ممکن ہی نہ تھا۔ پھر میں نے تمہارے ہی جیسے ایک مشرقی سے ناطہ جوڑیں۔ میں کہاں تک مبہم وعدوں، بے آسرا سہاروں پر زندگی گزارتی۔ ہر چیز کی حد ہوتی ہے پرویز! مجھے بھی تو ایک گھر چاہیے تھا۔۔۔ ایک شوہر کی ضرورت تھی۔۔۔ بچوں کی خواہش تھی۔ بقول تمہارے میں کبھی آزاد پنچھی تھی۔۔۔ مگر تم نے ہی مجھے قفس کی عادت ڈال دی تھی۔ کیسے صیاد ہو کہ پنچھی کو قید کر کے دوبارہ کھلے آسمان تلے پرواز کے لیے چھوڑ گئے۔ بتاؤ پرویز!۔۔۔ اس میں قصور کس کا ہے؟ تمہارا۔۔۔ میرا۔۔۔ یا تقدیر کا؟" میں نے اسے جھنجھوڑ ڈالا۔

"اوہ مونا! تم یہاں بھی مجھ سے جیت گئیں۔۔۔۔ ہر گام پہ بظاہر میں فاتح تھا لیکن حقیقتاً تم مجھے شکست دیتی چلی آئی ہو۔" اس نے دل شکستہ سی آواز میں کہا۔۔۔ اور مڑ کر جانے لگا۔

میرا وجود ایک لمحہ کو کپکپایا اور اس کو روکنے کو بلکا لیکن زبان نے کچھ اور ہی کہا:

"پرویز! حادثے انسانوں ہی کے ساتھ ہوتے ہیں۔ مجھے یقین ہے تم اسے سہار لوگے"۔

میرے بے حس وجود سے تکلیف کراہی۔

اس نے ایک بار مڑ کر دیکھا اور بغیر کچھ کہے دروازے سے نکل گیا۔

"پرویز۔۔۔ پرویز۔۔۔" میری روح بلک اٹھی اور میں اپنے مقصدِ حیات، اپنی مرحومہ دوست لینزلی کی ایک سال کی معصوم بچی کو سینے سے لگا کر پھوٹ پھوٹ کر رو دی۔ دوسری بار اپنی بربادی پر۔۔۔ دوسری بار اپنی بے خانمائی پہ۔۔۔ اور پہلی بار۔۔۔ اپنے عورت ہونے پر۔۔۔ مجھے اب اس کے لیے جینا تھا، ایک ماں بن کر!